異世界召喚されたら無能と言われ追い出されました。4

～この世界は俺にとってイージーモードでした～

A L P H A L I G H T

WING

JN095785

アルファライト文庫

登場人物紹介
アイリス——

晴人の婚約者《こんやくしゃ》の一人である、ペルディス王国の第一王女。

フィーネ——

晴人のよき理解者であり、彼と婚約した冒険者。

結城《ゆうき》晴人《はると》——

クラスごと勇者召喚《しょうかん》された高校生。無能だからと追放されたが、神様からのお詫《わ》びチートで圧倒的な力を手に入れる。

クゼル――●
グリセント王国騎士団
元副団長のAランク冒険者。
ノワール――●
奴隷《どれい》として売られていた、
元グリセント王国の諜報員《ちょうほういん》。
一《いち》ノ《の》宮《みや》鈴《すず》乃《の》――●
晴人のクラスメイトで、
学校一の美少女。
ゼロ・カラミラース――●
レベル300を誇《ほこ》る強大な黒龍。
晴人に破《やぶ》れ、忠誠《ちゅうせい》を誓《ちか》う。

第1話　ナルガディア迷宮へ

俺《おれ》――結城晴人《ゆうきはると》は、ある日突然、クラス丸ごと異世界に勇者召喚《しょうかん》された高校生。

ところがステータスを確認してみると、『勇者』の称号はなく、勇者に与えられるはずの『ギフト』もないことが判明する。

召喚の主導者であるグリセント王国の王女マリアナに追い出され、騎士によって殺されかけた俺だったが、目の前に神様が現れた。

そしてギフトを与え忘れたお詫《わ》びとして手に入れたのが、あらゆるスキルを作れるスキル万能創造《ばんのうそうぞう》や、すべてを見通すスキル神眼《ゴッドアイ》などのチートスキル。

グリセント王国への復讐《ふくしゅう》を誓《ちか》い、ペルディス王国で冒険者となった俺は、数々の活躍が認められ、世界最高峰《ほう》の冒険者ランク『ＥＸ』を授《さず》けられる。

そうして、同じ冒険者のフィーネと、ペルディス王国の第一王女アイリス、そのお付きのアーシャ、エルフの元姫エフィルたち仲間と共に、グリセントへの復讐を果たすことに成功する。

グリセントの内政も無事に立て直したところで、元クラスメイトの勇者、天堂《てんどう》や鈴乃《すずの》たちが魔王に勝てるように鍛《きた》えることに。

グリセント王国内にあるダンジョン、『ナルガディア迷宮』へと勇者一行を送り込んだ後、俺たちも一週間遅《おく》れて出発するのだった。


今回ナルガディア迷宮に向かっているのは、俺、フィーネ、アイリス、アーシャ、エフィル。そしてグリセント襲撃の際に仲間になった元騎士、クゼルを加えた六人だ。

「天堂さんたち、大丈夫ですかね？」

「大丈夫なはずだが……少し不安なんだよな」

その道の途中、フィーネが心配そうな表情でそう尋《たず》ねてきた。

ナルガディア迷宮は、現在の天堂たちの実力であれば、ギリギリ中層をクリアできる程度の難易度《なんいど》。彼らの成長速度であれば、今頃もう少し先まで進んでいてもおかしくないが……少し嫌《いや》な予感がするのだ。

「不安？　ハルトが行かせたんでしょ？」

アイリスはそう言って首を傾《かし》げる。

言うことはもっともだ。

「まぁな。ダンジョンの存在を確認した時に、魔物のレベルも見て、勇者なら問題なさそうなことも確認した……ただ、ボスの情報がなくてな。封印《ふういん》された邪竜《じゃりゅう》がいるって話を聞いたが、誰《だれ》か詳《くわ》しく知っている奴はいないか？」

邪竜の話は、出発の際に騎士団長のグリファスと筆頭《ひっとう》宮廷魔法師のマルベルに聞いたものだ。

そんな俺の質問に、クゼルが手を挙《あ》げた。おお、流石《さすが》元騎士だな。

「知ってる。文献《ぶんけん》で見ただけだが」

「教えてくれ」

「分かった。ナルガディア迷宮は全三十階層とされているが、最高到達記録は二十階層。そして最下層に、最強のドラゴンがいると言われているんだ。文献自体が何百年も前のものだから、真偽《しんぎ》のほどは分からないが」

「最強のドラゴン、ね……」

おとぎ話のようなものだが、俺の神眼《ゴッドアイ》で見た時に情報を確認できなかったとなるとあながち嘘《うそ》でもないかもしれない。

俺は改めて、ナルガディア迷宮の最下層のボスを調《しら》べることにした。

俺の神眼《ゴッドアイ》に付随《ふずい》するマップ機能は、対象の情報を調べる能力もある。

ボスの情報はプロテクトがかかっているように見えなかったわけだが……ドラゴンという情報のとっかかりを得た今なら、本気で探《さぐ》ろうとすれば何か分かるかもしれないな。

「それじゃあ皆、俺はちょっと集中して情報を探るから、馬車の方は頼《たの》むぞ」

俺はそう言って目を閉じる。

そして情報を集め始めて、約一時間後――

「おいおい、マジか……」

俺は思わず、そう言葉を漏《も》らした。

「どうしたのですか？」

アーシャが聞いてくる。

「……天堂たちじゃ、ナルガディア迷宮の最下層にいるドラゴンには勝てない」

「――っ！　ドラゴンがいるというのは本当だったのですか？」

「ではっ……!?」

エフィルが目を見開き、御者台《ぎょしゃ》に座っていたフィーネがこちらに振り向いた。

俺は頷《うなず》き、迷《まよ》いながらも口にする。

「ああ。しかも……ボスのレベルは――３００だ」

レベルを聞いた全員が絶句《ぜっく》する。

今の俺のレベルが３５５であることは、皆知っている。

しかし、勇者たちや騎士団副団長だったクゼルでも、俺の五分の一程度のレベルである。

一番レベルが上がっているのは一ノ宮鈴乃《いちのみやすずの》、天堂光司《てんどうこうじ》、最上慎弥《もがみしんや》、東雲葵《しののめあおい》、朝倉夏姫《あさくらなつき》の五人。しかしそれでも１００にも届いていないので、３００からすれば到底相手にならないだろう。

するとフィーネが、真剣な面持《おもも》ちで尋ねてくる。

「ハルトさん。それは間に合うのですか？」

天堂たちがボスと対峙《たいじ》する前に、俺たちが追い付けるのかという意味だろう。

「……ギリギリとしか言いようがないな。あいつらのレベルだと、あと数日もあれば最下層のボスに辿《たど》り着くかもしれないが……もし対峙したとしても、すぐに殺されるなんてことはないはずだ」

「そう、ですよね」

俺はあいつらを信じている。

なんて言ったたって勇者だし、即死級の魔法攻撃を一度だけ防げる俺特製のアイテムも持たせているからな。

かといって、のんびりしていいわけじゃない。

ダンジョンに到着しても、最下層に着くまでそれなりの時間がかかるはずだ。

ダンジョン内の魔物が俺にとって雑魚《ざこ》で、マップで最短ルートが分かるとはいえ、フィーネたちがいる以上、全力疾走《しっそう》するわけにもいかないしな。

最下層まで、だいたい一日はかかるだろう。

「急ごうか」

俺は御者台に戻ると、馬車を引いてくれている愛馬のマグロを走らせる。

そうして回復魔法を使用しつつ、走らせること一日半。

俺たちはナルガディア迷宮の入り口へと到着していた。

マグロにとってはかなり大変な道だったと思うが、ほんとに頼もしい相棒《あいぼう》だ。

そんなマグロには、俺が作り出した別の空間、亜空間へと移ってもらった。流石にダンジョン内を連《つ》れ回すわけにはいかない。

馬車も亜空間に入れ、簡単に準備を済ませたところで、迷宮に足を踏《ふ》み入れた。

「さて、行くか」

「はい」

気合《きあ》い十分な仲間と共に、順調に進んでいく。

今の勇者で中層までは辿り着けるレベル……となると、俺にとっては雑魚でしかない。

フィーネたちは勇者よりも少しレベルが高いので、下層までは難《なん》なく進めたが、そこから先は多少苦戦するようになっていた。

訓練にはちょうどよさそうだが……今は急いでるし、今度改めて来てみるかな。

マップを見ながら最短ルートで進んでいると、二十階層を越《こ》えたあたりで何組かのクラスメイトのパーティと遭遇《そうぐう》した。

どうやらここに到達する程度には成長してるみたいだな。

二十五階層を越えると、クラスメイトたちと遭遇することはなくなったが、ここまでで天堂、鈴乃、最上、東雲、朝倉とは未だに会えていない。

マップで改めて確認してみると、既《すで》に二十九階層の出口付近にいるようだった。

「……まずいな。あいつら、三十階層に辿り着きそうだ」

「本当ですか⁉」

「ああ。中の様子はなぜか俺の能力でも探れない……少し急ぐぞ」

俺は驚《おどろ》くフィーネに頷いて見せ、皆がついてこられるギリギリまでスピードを上げる。

そうして天堂たちが三十階層に突入ししばらくした頃、俺たちは二十九階層に辿り着いた。

三十階層の扉への道のりの中盤《ちゅうばん》に差し掛かった頃、下の方からとてつもない魔力が膨《ふく》らむのが感じられた。

「なに、この魔力は⁉」

アイリスが驚きの声を上げる。

これは……

「天堂の魔力だな。だがあいつには、ここまでの魔力も魔力を増幅《ぞうふく》させるようなスキルもなかったはず……何か新しいスキルでも獲得《かくとく》したのか？」

俺はそう呟《つぶや》いたが、直後、その天堂の魔力よりもはるかに大きな魔力が膨れ上がる。

「え、な、なんですか、この魔力量は」

「信じられん……」

アーシャとクゼルが、おそらく邪竜らしき魔力に驚き、その場で立ち止まってしまう。

「――先に行く！　皆はそのままついてきてくれ！」

俺はそう言い残すと、威圧《いあつ》のスキルで二十九階層の敵すべてを無力化し、下層へと続く階段へ向かう。

階段を一気に駆《か》け下り扉を蹴《け》り破《やぶ》ると、巨大なドラゴンが、口に溜《た》めた魔力を天堂たちへ放とうとしていた。

第２話　勇者たちの迷宮攻略

――時は少々遡《さかのぼ》り、晴人たち一行が王都を出発した日。

天堂、一ノ宮、最上、朝倉、東雲の五人はダンジョンの中層、十九階層にいた。

事前の情報によれば、ダンジョンは全三十階層の予想。途中、十五階層からは魔物が強くなり、一流の冒険者でも先に進むのは難《むずか》しい。

しかし勇者たちは、苦戦しつつもそこまでは無事に到達していた。

そしてその中でも、天堂たちのパーティは、攻略の先頭に立っている。

「はぁぁあっ‼」

「どりゃっ」

「まだよっ」

天堂、最上、東雲の前衛《ぜんえい》三人の攻撃によって、レベル60の魔物二体が倒れる。

後衛《こうえい》に回復役の一ノ宮と魔法攻撃役の朝倉を配置した連携《れんけい》によって、五人は難なく攻略を進めていた。

グリセントの王都を出てナルガディア迷宮に着くまで三日、十九階層に来るまで四日。

普通ならあり得ない攻略スピードである。

「下へ向かう階段はありそうかな？」

朝倉の言葉に天堂が答えた。

「まだ見つからないね。ここまでは運で見つけていたっていうのもあるし、ゆっくり探《さが》すしかないな……」

「そっかぁ……」

朝倉は残念そうにそう言うが、一ノ宮が首を傾げた。

「夏姫ちゃん、残念そうには見えないけど？」

「バレた？　実はこういうのもゲームみたいで楽しいから好きなんだよね」

自《みずか》らをオタクだと言ってはばからない朝倉が笑いながらそう言うと、天堂が注意を呼びかける。

「夏姫。この迷宮では何人もの冒険者たちが亡《な》くなってる。僕たちも気を引き締《し》めていかないと」

「もぉー、それくらい分かってるってば！」

朝倉は子供のように頰《ほお》を膨らませてから舌を出し、それを見た一行は笑い声を上げた。

朗《ほが》らかな雰囲気《ふんいき》だが、彼らは警戒《けいかい》を緩《ゆる》めてはいない。

一行の現在のレベルは、おおよそ70。晴人が出会った当初のクゼルのレベルが64だったことを考えると、人間としてはかなりの高レベルである。

加えて、聖剣ミスティルテインを持つ天堂以外の四人は、晴人から試作品だといって武器を与えられている。

その武器は試作品とは名ばかりの、この世界の職人が見たら卒倒《そっとう》するほどの一級品だ。

この階層に出てきた敵のレベルは60。

ダンジョンには五階層おきに中ボスが、十階層ごとにボスとなる強力な魔物がいる。

次の階層でのボス戦は、先ほど以上の強敵が現れるはずなのだ。

そして五人ともそれを分かっているため、警戒と緊張《きんちょう》は緩めないでいた。

それからしばらく階段を探し続け、ついに朝倉が声を上げた。

「あったーーーっ‼」

天堂たちが集合すると、物陰に隠れるようにして穴が開いており、地下へと続く階段があった。

「やっと見つかった……もう少し分かりやすくしてほしいな」

「だよね……」

天堂がうんざりしたように言うと、一ノ宮をはじめとして全員が頷くのだった。


階段を下りた一行は、ボス部屋の前で座り込む。

「とりあえず、ボス戦に備《そな》えて一度休もうか。どうかな？」

天堂の提案に、反対する者はいなかった。

この階層はボス部屋しか存在せず、他の魔物が出てくることはない。

他の階層ではそうもいかないため、交代して休息を取ってはいたが、一行の疲労はピークに達していた。

テントを張り、食事を済ませ、体を綺麗《きれい》にした天堂たちは、久しぶりにゆっくりと体を休める。

そして目覚《めざ》めると、作戦会議を始めた。

「それじゃあいつも通り、僕と慎弥、葵が前衛。夏姫と鈴乃は後衛での援護《えんご》。これでいこう。何があるか分からないから、後衛の二人はよろしく頼むよ」

「分かったよ」

「任《まか》せて！」

二人の返事に頷いて、天堂はさらに作戦の説明を続ける。

こちらもいつも通り、最上と東雲が近接で敵の注意を引きつつ、後衛の一ノ宮と朝倉が回復と遊撃《ゆうげき》を担当。敵の隙《すき》を突いて天堂が持つ高威力《こういりょく》の攻撃を撃《う》ち込む、というものだ。

「ただ、さっきも言ったけど何があるか分からない。気合いを入れていくぞ」

「「「「おおっ！」」」」

その声と共に、天堂たちはボス部屋へと足を踏み入れた。

ボス部屋にいたのは、一行が五階層の中ボス戦で撃破《げきは》したミノタウロスだった。

「ここでミノタウロス？」

首を傾げた最上の言葉に一ノ宮が答えた。

「何かが違うよ。色も青紫っぽいし、それに……」

一ノ宮の言葉の続きを天堂が口にする。

「あぁ、あの武器もただの斧《おの》じゃなくて、魔剣の類《たぐい》みたいだ。しかも、鑑定《かんてい》しても不明としか出ない。何か不穏《ふおん》な気配がするし、強さも段違いなはずだ」

天堂の言葉に、最上たち四人が唾《つば》を呑《の》む。

ミノタウロスが天堂たちを見据《みす》えると同時に、彼らの背後で扉が勢いよく閉じた。

――グオォォォオォッ！

ミノタウロスが咆哮《ほうこう》を上げた。

常人ならば腰を抜かすほどの、威圧がこもった咆哮である。

ところがミノタウロスの予想に反して、天堂たちは平然としていた。

「威圧か、晴人君のに比べればなんてことはないな」

「まあ、晴人君は色々と凄《すご》いからね……」

天堂と一ノ宮が苦笑《くしょう》して言うと、最上、朝倉、東雲も頷く。

しかし五人とも、油断はしていない。

晴人ほどではなくとも、ミノタウロスが強敵であることは伝わってきたからだ。

それも、これまでの魔物とは次元が違う。

一瞬怯《ひる》みかけた天堂だったが、奴を倒さないとこの先に進めないと思い直す。

「――行くぞっ！」

天堂の言葉に、四人が表情を引き締め頷く。

それと同時に、ミノタウロスが角を突き出し突進を仕掛けた。

一瞬で距離《きょり》を詰《つ》められるが、それでも天堂たちは危《あぶ》なげなく回避《かいひ》し、そのまま攻撃の構えを取る。

――ブモォォォォォッ！

しかしミノタウロスは急ブレーキを掛け、攻撃しようとしてきた最上へと、手に持っている戦斧《せんぷ》を振るった。

そのまま直撃するかと最上が身構えるも、朝倉が放った魔法が顔に当たり、ミノタウロスは慌《あわ》てて距離を取る。

「ちょっと、全然傷ついてないじゃない！　このミノさん防御が固いよ！」

「ミノさんって……」

「ミノタウロスって名前が長いんだもんっ」

不満げな朝倉と何か言いたげな一ノ宮のやり取りを聞きながら、前衛の天堂、最上、東雲は武器を構え直す。

そんな三人に、攻撃力と素早さが増加する支援《しえん》魔法を朝倉がかける。

「助かる！」

「夏姫サンキュ！」

「夏姫ありがとう！」

三人は朝倉に礼を告《つ》げつつ、ミノタウロスへと向かっていく。

ミノタウロスも戦斧を振って応戦するが、三人同時の攻撃は捌《さば》ききれず、徐々に体に傷が刻《きざ》まれていく。

そしてかなり体力を削《けず》られたところで、唐突《とうとつ》にその雰囲気が変わった。

天堂たちは一度距離を取って身構える。

ミノタウロスの一挙一動《いっきょいちどう》を見逃すまいと目を凝《こ》らし——その時は来た。

ミノタウロスが戦斧を地面へと思いっきり叩《たた》きつけ、それによって飛び散《ち》った床の破片《はへん》や石などを、戦斧によって弾《はじ》き飛ばしてきたのだ。

「皆、私の後ろへ！」

一ノ宮の指示で四人は咄嗟《とっさ》に彼女の後ろへと移動する。

「——聖なる障壁《セイクリッドウォール》！」

聖なる障壁《しょうへき》は、半径二メトルの半球状の防御障壁を生み出す光魔法だ。

その展開と同時に、複数の破片が障壁へと当たる。

障壁は飛来する攻撃を弾き、一ノ宮が安堵《あんど》の息を吐こうとしたところで——障壁に亀裂《きれつ》が入った。

「「「「なっ⁉」」」」

天堂たちは揃《そろ》って驚きの声を上げる。

破片と土煙《つちけむり》で見えていなかったが、いつの間にか接近していたミノタウロスが、その斧を振るっていたのだ。

戦斧を叩きつけられた障壁は、さらにミノタウロスが強い力を加えているせいか、ミシ

ミシッという嫌な音と共に亀裂を徐々に広げていく。

自身が使える最強の障壁が破られ内心動揺《どうよう》する一ノ宮だが、すぐに声を上げる。

「三つカウントするから後退して！」

その声に、天堂たちは身構える。

「３、２、１――今だよっ」

カウントが終わると同時に、一ノ宮が魔法を解《と》き、天堂たちはその場から飛び退《の》く。

一方のミノタウロスは、力を込めて前傾姿勢になっていたため、急に障壁が消えたことでバランスを崩《くず》し、戦斧を地面へと突き刺してしまう。

その隙に、天堂、最上、東雲がミノタウロスに近づき、一ノ宮が魔法を放った。

「皆目を瞑《つむ》ってっ！」

天堂たちが目を閉じた瞬間、一ノ宮の光魔法フラッシュが、ミノタウロスの目を焼く。

――ブモォォォッ⁉

体勢を崩し、視界も失ったミノタウロスが鳴き声を上げる。

「今っ！」

一ノ宮の声で、天堂たちは目を開けてすぐさま攻勢に転じた。

まずは最上が全力で、ミノタウロスの腹部目掛けて右拳《みぎこぶし》を撃ち込む。

「倒れやがれ！　このクソッたれがっ！」

その威力にミノタウロスは思わず戦斧を手放し、片膝《かたひざ》立ちになる。

ブモォォ……と苦しそうな声を上げたが、まだ倒れない。

次に東雲が刀を一度鞘《さや》に収め、高速移動のスキル縮地《しゅくち》で接近し……

「東雲流八ノ太刀——紫電雷光《しでんらいこう》！」

一閃《いっせん》を食らわせた。

鯉口《こいぐち》を切るのと同時に刀身《とうしん》に青白い雷がバチバチッと纏《まと》わりつき、超高速で刀が振るわれる。

ミノタウロスの肩から先の右腕が落ちるが、血は出ない。切り口が雷で焼けているからだ。

実家の道場で学んだ技を、東雲はこの異世界の魔法やスキルと融合《ゆうごう》させてきた。

この技もその一つで、雷魔法によって抜刀《ばっとう》を高速化し、さらにその斬撃《ざんげき》にも雷魔法を纏うことで、今回のように焼き切ったり、防がれても電撃を浴《あ》びせたりすることができるのだ。

ミノタウロスは呻《うめ》き声を上げながらも、なんとか立ち上がって左手で戦斧を拾おうとする。

しかしそれを止めるため、朝倉が攻撃魔法を唱《とな》えた。

「させないよ！　——ファイヤーウルフ！」

火魔法で作り出されたのは、三匹の狼《おおかみ》の形をした炎。それはまるで生きているかのような躍動感《やくどうかん》をもって地面を走り、ミノタウロスの左腕、両足へと噛《か》みついた。

そして同時に、狼の口からさらに炎が漏れる。

「そのまま燃やしちゃえっ」

朝倉の言葉通り、食らいついた狼はミノタウロスに纏わりつくように激《はげ》しく燃え出した。

――ブモォォォォォォオッ！

全身を焼かれ苦しみの声を上げるミノタウロスが、最後の力を振り絞《しぼ》るかのように左腕を振るうと、炎が掻《か》き消える。

そこにすかさず天堂が斬《き》りかかる。

ミノタウロスは咄嗟に反応しようとするが、聖剣の一日一度しか使えない無敵化スキルと縮地スキルを併用《へいよう》した天堂の動きには追いつけない。

「これで終わりだ！」

天堂はミノタウロスの上へと跳躍《ちょうやく》すると、聖剣に神聖魔法を纏わせ、そのまま上段から振り下ろした。

天堂が着地すると同時、ミノタウロスの体が縦《たて》半分に真《ま》っ二《ぷた》つとなり崩れ落ちた。

一瞬の静寂《せいじゃく》がその場に広がり……

「――やったぁぁぁっ！　倒した！　倒したよ！」

朝倉の声が響《ひび》いた。

「はぁはぁ、や、やったのか……」

天堂は先ほどの攻撃で体力と魔力を激しく消耗《しょうもう》したため、息を荒《あら》くしながら言う。

「やったね！」

「おうよ！」

「あれで倒せなかったらやばかった……」

一ノ宮、最上、東雲は歓喜《かんき》の声を上げた。

「ああ。でも倒せたんだ！　レベルも上がったみたいだし、休憩《きゅうけい》がてら確認してみようか」

天堂の言葉に、四人とも頷く。

名前：天堂光司
レベル：78
年齢：17
種族：人間（異世界人）
ギフト：聖剣使い
（全ての聖剣を扱《あつか》えるようになる。剣術、光魔法のレベルが上がりやすく

なる）
スキル：剣術Lv7　火魔法Lv5　水魔法Lv4　風魔法Lv5　地魔法Lv4　光魔法Lv6
成長　気配察知　縮地Lv5　身体強化Lv7　鑑定　言語理解
称号　：異世界人、勇者、聖剣使い

名前　：一ノ宮鈴乃
レベル：74
年齢　：17
種族　：人間（異世界人）
ギフト：聖なる者
（神聖魔法を獲得。光魔法、回復魔法のレベルが上がりやすくなる）
スキル：光魔法Lv7　回復魔法Lv7　神聖魔法Lv6　身体強化Lv5　気配察知
鑑定　言語理解
称号　：異世界人、勇者

名前　：最上慎弥
レベル：76

年齢：17
種族：人間（異世界人）
ギフト：金剛力《こんごうりき》
（怪力を獲得。格闘術、身体強化のレベルが上がりやすくなる）
スキル：格闘術Lv7　地魔法Lv5　怪力Lv7　身体強化Lv7　強靭《きょうじん》Lv6　気配察知
　　鑑定　言語理解
称号：異世界人、勇者

名前：東雲葵
レベル：75
年齢：17
種族：人間（異世界人）
ギフト：断《た》ち切る者
（剣や刀を扱うスキルが取得しやすくなり、そのレベルも上がりやすくなる）
スキル：剣術Lv6　刀術Lv7　風魔法Lv5　雷魔法Lv6　身体強化Lv7　抜刀術Lv5
　　縮地Lv6　飛斬《ひざん》Lv4　気配察知　鑑定　言語理解
称号：異世界人、勇者

名前　：朝倉夏姫
レベル：73
年齢　：17
種族　：人間（異世界人）
ギフト：自然の寵愛《ちょうあい》
（火、風、土、水魔法のレベルが少しだけ上がりやすくなる）
スキル：火魔法Lv6　風魔法Lv5　土魔法Lv5　水魔法Lv5　身体強化Lv5
気配察知　鑑定　言語理解
称号　：異世界人、勇者

それぞれのレベルを確認した天堂たちは、驚きの声を上げる。

「たしか鈴乃と夏姫のレベルって、69とかだったよね？　一気にレベルアップしたみたいだね」

「そうだね、ボスだから経験値が一気に入ったのかも」

そんなことを話しながらしばらく休憩した後、一行はさらに下の階層へと向かうのだった。

「……なんかさっきから出てくる魔物、ミノタウロスと同じくらい強くないか……」

「たしかに……次がボスの階層だからか？」

天堂の言葉に、最上が首を傾げる。

一行は一日かけて、二十四階層まで到達していた。

前の階層までは、敵の量は増えずに少しずつ強くなってきていたのだが、ここ二十四階層に来て、数が大幅《おおはば》に減《へ》った代わりに、一体一体の力が増してきたのだ。

王都ではダンジョンの知識を与えられたし、いくつかダンジョンに入ったこともある。

だが、このような魔物の分布は初めてだった。

こうもイレギュラーなことが続くと、万全を期《き》して中ボスに挑《いど》んだ方が良いだろう。

そう判断した天堂の提案で、二十五階層の中ボス部屋の前で、一休みすることになったのだった。

そして次の日、中ボスの扉を開けた天堂は、ぽつりと呟いた。

「やっぱり、か……」

通常、二十五階層の中ボスは、二十階層のボスと同等程度の強さであることが多い。

しかし今目の前にいるキマイラは、明らかにあのミノタウロスよりはるかに強い。

重いプレッシャーが、天堂たちにのしかかる。

「この迷宮自体に何か起きているのかもしれないね」

一ノ宮の言葉に一同が頷く。

ここが異様なダンジョンになっているのは、おそらく最下層のボスの影響だろう。

この中ボスより強いことは確実で、自分たちが勝てるかどうか……

そんなことを考えてしまった天堂は、首を振ってその考えを頭から消す。

とにかく今は、このキマイラを倒さないといけない。

武器を構え直した天堂と共に、勇者たちはキマイラへと向かっていった。


——戦闘開始から二時間後。

「はぁ、はぁ……た、たおせ、た……」

天堂たちは激戦《げきせん》を制し、キマイラを倒すことができた。

とどめを刺したのは東雲だった。天堂は今回は盾役として無敵化を使用し、そうしてできた隙を突き、キマイラの首を飛ばしたのである。

そして今、戦闘でボロボロになった天堂たちは地面へと横になっていた。

「なんとか勝てた……」

「だね～……」

「俺、死んだかと思ったぜ……」

「ほんとそれ……」

「きつかった……」

天堂、一ノ宮、最上、東雲、朝倉がそれぞれ疲れ切った声を上げた。

しばらくしてようやく回復した五人は、攻略を再開。

その日のうちに二十八階層まで辿り着き、ついに翌日、二十九階層を踏破《とうは》し、三十階層のボス部屋の前に立っていた。

「ここが最後の部屋、か……」

「そうだな」

天堂の言葉に、最上が頷く。

「やっとだね」

「うん。本当に大変だった」

「何度死にかけたことかしら」

朝倉、一ノ宮、東雲の順に扉を見ながら呟いた。

天堂が改まった表情で、四人を見回す。

「ここで死ぬかもしれない。けどっ」

もしかしたらここで死ぬ可能性だってある。だからこそ、天堂は改めて口にした。

「けどっ、ここで引けはしない！」

その言葉に四人が頷き同意した。

表情は決意に満ちていた。

――絶対に勝つと。

天堂たちは、ボス部屋の扉へと手をかけた。

第3話　勇者たちの迷宮攻略2

扉の向こうにあったのは、広大な空と、どこまでも続く大地であった。

これまでは、岩肌やレンガといったいかにもダンジョンらしい内装だった。

しかし最下層だというのに、空が広がっていることに戸惑《とまど》いが隠せない天堂たち。

「なんだ、これ……?」

天堂の呟きに、誰も答えられない。

周囲を見渡していると、朝倉が遠くにいる存在に気がつき、指で指し示す。

「あ、アレ……」

そこにいたのは、体長二百メトルほどの巨大な漆黒《しっこく》のドラゴンであった。

禍々《まがまが》しい気配を持つドラゴンは、天堂たちの気配に気付くなり、ゆっくりと立ち上がり咆哮を上げる。

——グルァァァァァァァァァ！

ミノタウロスやキマイラの咆哮に耐えてきた天堂たちだったが、咄嗟に逃げ出してしまいそうになる。

自分たちでは勝てないと、本能で悟《さと》ってしまったのだ。

しかしそれでも、天堂はドラゴンに対して鑑定をかける。

「う、嘘、だろ……？」

「どうした？」

「皆も鑑定してみてくれ」

天堂に促《うなが》され、すぐに鑑定を使った最上たちは顔を真《ま》っ青《さお》にした。

そのドラゴンのレベルはというと……

「れ、レベル300って、何かの冗談《じょうだん》、なのか……？」

天堂が体を震《ふる》わせながら呆然《ぼうぜん》と呟く。

名前　：煉黒龍《れんごくりゅう》グラン・カラミラース
レベル：300
種族　：祖龍

ユニークスキル：煉黒之支配者《れんごくのしはいしゃ》
スキル：火魔法Lv10　風魔法Lv10　地魔法Lv10　闇《やみ》魔法Lv10
雷魔法Lv10　威圧Lv10　咆哮Lv10　龍魔法Lv10　時空魔法Lv10
物理耐性　魔法耐性　飛行　強靭Lv9
変身　魔力操作《そうさ》　気配察知　魔力察知　危機察知　天候操作
称号　：原初の龍、天災級、龍王、空の王者、最強種

〈煉黒之支配者〉

魔力の消費が五分の一になる。

龍魔法、闇魔法、火魔法、雷魔法の威力が六倍。

戦闘時の基礎《きそ》身体能力、魔法の威力五倍上昇。


そのステータスの高さに一行が呆然としていると、ドラゴンが口を開いた。

「ッ!?　散開《さんかい》っ！」

東雲がいち早く反応し、天堂たちはその場から飛び退く。

瞬間、彼らがいた場所に火球が着弾、爆発した。

炎が収まった場所を見れば、地面がドロドロに溶《と》けている。

一行の額《ひたい》に冷や汗が流れる。

――グルァァァァァアッ！

ドラゴンが咆哮を上げ、天堂たちが武器を構えると、声が響いた。

『――我の攻撃を躱《かわ》すか。そなたら何者だ？』

一体誰の声か、天堂は一瞬疑問に思うが、すぐに気がつく。

目の前のドラゴンのものだ。

人語を解する魔物など存在しないと思い込んでいたが、これなら話し合いができると考え、天堂はドラゴンの問いに答える。

「俺たちは勇者です」

『勇者、か。なるほど。道理でここまで来られたわけだ』

「……一つ聞いても？」

『どうせ貴様らは死にゆくのだ。答えてやろう』

「なぜあなたほどのドラゴンがここに？」

目の前のドラゴン――カラミラースのレベルは、このダンジョンにはそぐわないほど高い。

当然の疑問に、カラミラースは気にした様子もなく答える。

『それは――』

彼の話によると、発端《ほったん》は数千年前。

カラミラースはこの土地に住んでいたのだが、彼の魔力に反応して周囲がダンジョン化した。

悠久《ゆうきゅう》の時を過ごした彼はそのダンジョンを観察することに決め、最下層に空間を作ってそこに移り、魔力や情報を遮断《しゃだん》して生きてきたという。

しかしそれでも彼がいることによる影響は抑《おさ》えられず、下層の魔物が異様に強くなってしまった。

結果として、ここに辿り着いたのは天堂たちが初めて……という話だった。

『我はこの迷宮の支配者。攻略したければ我を倒すが良い。貴様らにそれだけの力があればの話だが』

天堂たちはカラミラースの言葉に顔を歪《ゆが》ませる。

彼らのレベルでは、カラミラースを倒すことなど到底不可能だ。

なんとか戦いにならないよう交渉《こうしょう》しようと考えた天堂だったが、それを口にするよりも早くカラミラースが告げる。

『ここのことを知ったからには、帰すわけにはいかん。我を倒すか貴様らが倒されるか、選択肢はそのどちらかだ』

「くっ……」

天堂は腹をくくると、振り返って仲間の顔を確認する。

「きっと大丈夫だよ」

「おうよ！」

「だよね！」

「少し不安だけどね……」

一ノ宮、最上、朝倉、東雲の言葉に、天堂は問いかける。

「ああ。だけど本当にいいのか？」

「だって、晴人君が言ったんだよ？　行ってこいって。なら大丈夫。それに――皆がいるじゃん、きっと勝てるよ！」

一ノ宮の答えに、他の三人も頷いた。

「そうか――やるぞ！」

一行は武器を構え、カラミラースへと向き直る。

『覚悟は済んだか？　ならば――死ね』

カラミラースは天堂たちに向けて広範囲の漆黒の魔力ブレスを放った。

「聖剣よ、守りたまえ！」

天堂が発動させた聖剣の結界によって、ブレスが受け止められる。だがレベル差もあってか、徐々に亀裂が入り、ひび割れていく。

　しかしその隙に一ノ宮が魔力を込めて発動した聖なる障壁《セイクリッドウォール》が結界の内側に展開し、天堂は結界を解除《かいじょ》。

　ブレスは聖なる障壁《セイクリッドウォール》にぶつかるも、完全に無効化された。

「鈴乃、助かった！」

『ほう。我《わ》がブレスを耐えるか。流石は勇者。だが……』

　カラミラースは飛び上がるとそのまま滞空《たいくう》し、空気を吸い込む。

　ヒュゴッという音と共に腹が大きく膨らんだ次の瞬間、先ほどよりも魔力のこもったブレスが放たれた。

『これは避《さ》けられるか？』

　迫《せま》り来る漆黒のブレスを、結界と魔法だけでは防ぎきれないと判断し、五人同時に動く。

「うおぉぉぉぉぉぉっ！」

「――ファイヤートルネード！」

「はあっ！」

　最上が地魔法を、朝倉が火魔法を発動、さらに東雲もスキル飛斬によって無数の斬撃を飛ばし、ブレスの威力を減退《げんたい》させる。

　しかしそれでも、ブレスは依然《いぜん》驚異《きょうい》的《てき》な威力を保ったままだ。

「――聖なる障壁《セイクリッドウォール》！」

「聖剣よ、僕に守る力を！」

一ノ宮を中心に光の膜《まく》が展開し、天堂が発動した聖剣の結界がその内側に張られる。

先ほどは結界での威力減退もあってブレスを防いだ障壁だが、今回は耐えきれず、ついに割れてしまう。

その隙に魔力が込められた結界へと、ブレスが襲いかかった。

結界が悲鳴を上げ、ヒビが入っていく。

「これでもダメなのかっ⁉――聖剣よ！」

天堂は聖剣にさらに魔力を送り、結界を強化する。

亀裂は広がり、しかしブレスの威力も徐々に収まっていき――ブレスが途切《とぎ》れかけたタイミングで、結界が割れた。

天堂たちは防ぎきれなかったブレスを避けるが、地面に着弾したブレスの爆風《ばくふう》で後方へと勢いよく吹き飛ばされる。

「うあっ！」

「ぐぁっ」

「きゃっ」

「ッ！」

「きゃぁっ」

無様《ぶざま》に地面を転《ころ》がる天堂たちを眺《なが》めながら、カラミラースは口を開いた。

『ほぅ……これも耐えるか。ならば我も敬意《けいい》を込め本気で戦うとしよう』

カラミラースから放たれる威圧が跳《は》ね上がり、天堂たちへと襲いかかる。

魔力そのものに押し潰《つぶ》されそうになりながらも、天堂たちは武器を杖代《つえ》わりにして立ち上がった。

「最後まで、最後まで戦い抜くぞ！」

「おう！」

「「うん！」」

天堂の言葉に、全員が力強く声を返す。

諦《あきら》めることのない勇者を見て、カラミラースは笑《え》みを浮かべた。

『面白《おもしろ》い。すぐに死ぬのではないぞ』

カラミラースの周囲に、直径三十センチほどの岩の塊《かたまり》が無数に生成される。

その岩塊《がんかい》を放たせまいと、天堂たちはカラミラースへと攻撃を放った。

しかしカラミラースは直撃する魔法の数々をものともせず、鋭《するど》く魔法を放った。

『温《ぬる》いぞ、勇者！』

天堂たちは降りかかる岩塊を撃ち落として回避していくが……

「ぐぁっ！」

「きゃっ！」

全ては避けきれず、ダメージを食らってしまう。

吹き飛ばされ、地面を転がるが、それでも天堂たちは再び立ち上がった。

『どうした。その程度か？　……よもや隙を見て逃げようなどと考えているのではあるまいな？』

「そんなつもりはない。ただ勝機を探っているだけさ」

『ふん、それでこそ勇者だ。倒し甲斐《がい》がある』

地に降り立ち、楽しげに笑うカラミラースを見ながら、天堂は考えを巡《めぐ》らせる。

聖剣の無敵化スキルを使えば、一矢報《いっしむく》いることができるかもしれない。しかしこの能力では、大したダメージも与えられないだろう。一体どうすればいいのか。

そこで天堂は、自分の中に新しいスキルが生まれていることに気付いた。

そのスキルの名は――『限界突破《とっぱ》』。

晴人も所有するスキルで、発動時に身体能力とスキルの威力が五倍になるというものだ。

これと無敵化、神聖魔法を組み合わせれば、カラミラースに大きなダメージを与えられるかもしれない。

そう考えた天堂は、四人に提案する。

「俺に考えがある。倒せる可能性は限りなくゼロに近いと思うけど……万に一つでも可能性があるのなら、それに賭《か》けても良いと俺は思ってる。皆はどうだ?」

「おいおい、反対なんてするわけないだろ?」

最上が天堂の案に乗り、他の三人も頷いた。

それを見て、天堂は一瞬ホッとしたような表情になるが、すぐに気を引き締めた。

「ありがとう——よし、行くぞ!」

『む? 覚悟が決まったのか? いや、それは元々か』

カラミラースの言葉を無視して、天堂たちは行動を始めた。

「——散開!」

移動しつつ、晴人に渡されたポーションを飲み、体力と魔力を回復させる。

そしてそのまま、カラミラースに前後左右から攻撃を加えていく。

もちろん、この程度では大したダメージを与えられない。

しかし、ちょこまかと動き回る勇者たちに、カラミラースのストレスが溜まっていく。

尻尾《しっぽ》を振り回し、魔法で生み出された土壁を壊《こわ》し、勇者の命を刈《か》り取ろうとするカラミラース。

土煙に紛《まぎ》れてその攻撃を避けながら、最上が叫んだ。

「光司、まだか⁉ もう限界だぞ!」

「——もう大丈夫だ! 皆ありがとう!」

カラミラースが翼を羽ばたかせ、土煙を払うのと同時に、天堂がその前へと躍《おど》り出る。

「無敵化！」

天堂の体から、青色の魔力が噴《ふ》き上がる。

それを見て、カラミラースが大きな咆哮を上げた。

『その程度で我を倒せると思うなよ！　人間風情《ふぜい》がっ！』

せっかくの期待を裏切られたかと、カラミラースは吠《ほ》える。

しかし天堂はにやりと笑うと、再び叫んだ。

「行くぞ――限界突破！」

天堂の声に応えるように、聖剣が青白く光輝いた。

「はああああっ！　――セイクリッドジャッジメント！」

天堂は全身全霊、魔力を込めた上級神聖魔法を剣に乗せ、上段から振り下ろす。この攻撃の後、もう何もできないほどの力を込めた一撃だ。

一方のカラミラースは、流石にこれを無防備に受けるわけにはいかないと、腕を振るう。

『来い、勇者！』

天堂の振り下ろした聖剣と、カラミラースの凶悪《きょうあく》な鉤爪《かぎづめ》。

どちらも引かず、二つの攻撃が、青白い魔力と黒い魔力を伴《ともな》ってぶつかり合う。

「うおぉぉぉぉぉぉおっ！」

『ほほう、これほどの威力とはな。だが……』

しかし、全力の天堂とは対照的に、カラミラースにはまだ余裕があった。

『我を倒すにはまだまだだ』

「ぐっ！」

カラミラースが力を込めると、天堂の顔に焦《あせ》りが浮かび——

「ぐあぁぁっ！」

そのまま振り切られたカラミラースの腕によって、天堂は弾き飛ばされ、地面を転がっていった。

最上たちは天堂に駆け寄り、体を抱《かか》える。

「おい、大丈夫か⁉」

「うっ……ぐっ、だ、大丈夫、だ。あいつ、手を抜いて俺たち五人を相手に……」

レベルの差から、戦力差があることは分かっていた。しかしこれほどまでに相手にならないとは思ってもいなかったのだ。

『ふむ、大した力だ。そのレベルでここまでやるとは思っていなかったぞ……だが、それもここまで』

カラミラースはそう言って、複数の魔法を展開する。

地魔法、雷魔法、風魔法、火魔法……どれも込められている魔力量が桁外《けたはず》れだ。

天堂たちの魔力を足《た》しても、目の前の魔法陣に込められている魔力量には届かない。

当然、この量の魔法を防げるとは思えない。

しかし天堂たちは諦めていなかった。

その理由はただ一つ。

このドラゴンを倒し、生き延《の》び、そしてやがては四天王を、魔王を倒す。そして地球に、家族の元に帰りたいのだ。

「生きて帰るぞ！」

「当たり前だろうが！」

「生きて晴人君にまた会う！」

「こんなところで死んでられない！」

「うん！」

天堂、最上、一ノ宮、朝倉、東雲は、思いを言葉にし、強く願う。

それを楽しそうに眺めながら、カラミラースは魔法を放った。

『良い覚悟だ……さあ、最後の戦いを始めようではないか』

襲い来る魔法を、天堂たちは身体強化スキルを使用して避けつつ、カラミラースへと迫る。

全てを避けることはできないので、時に魔法を弾き、時に致命傷《ちめいしょう》にならないように食らいながら進んでいく。

一瞬でも気を抜けば死に繋《つな》がる状況で、ポーションを使う余裕はなく、一ノ宮が隙を見て回復魔法をかけていく。

しかし魔力が切れ始め、身体強化が解除されたことによって動きが鈍《にぶ》くなり、攻撃を受ける量が増えていく。

攻撃が止む頃には、全員がボロボロになって横たわっていた。

『ふん……所詮《しょせん》勇者でもその程度、か』

「うぐっ……」

天堂たちは立ち上がるどころか、言い返す力も残っていない。

『さて、そのままでは苦痛だろう。楽にしてやる』

カラミラースは最後の一撃を加えるべく、顎《あご》を大きく開けた。

先ほどよりも濃厚《のうこう》な魔力が収束《しゅうそく》している。

……もう終わりなのか。

最上や一ノ宮は、諦めたように目を伏《ふ》せる。

しかし一人だけ、立ち上がる者がいた。

——天堂だ。

彼はボロボロの体を引きずって、仲間を守るように前へ立つ。

「ま、まだだっ！　まだ——終わってない！」

魔力がほぼないにもかかわらず、無理矢理に限界突破スキルを使用している。

その後ろ姿を見て、最上と一ノ宮が叫んだ。

「無茶だ！　体が壊れるぞ！」

「そうだよ！」

しかし天堂はその言葉が聞こえないかのように、さらに体に魔力を込めようとする。

『……ほう、まだ立ち上がるか』

「帰るんだ！　故郷に、家に、家族の元へ！」

『意志が、そこまで強くするか』

カラミラースは口を閉じ、魔力を拡散《かくさん》させる。

『良かろう。今の貴様に宿ったその力、存分に振るうが良い！』

カラミラースの言葉で、天堂はようやく自分の身に何が起きているのか気がついた。

スキル限界突破が天堂の不屈《ふくつ》の意志によって進化し、新しいスキル「極限《きょくげん》突破」へと変わっていたのだ。

極限突破のスキルは、限界突破以上の能力上昇と、発動時の魔力回復能力がある。

非常に強力なスキルだが、自身の能力をはるかに超《こ》える力を手にするため、発動者にも深刻《しんこく》なダメージを与えるというリスクがあった。

しかし天堂はそんなことを気にした様子もなく、回復したばかりの魔力を全身に巡らせる。

聖剣も応えるかのように、輝きを増していった。

「――行くぞ！」

『来い！　勇者よ！』

カラミラースは漆黒の魔力を腕と鉤爪に纏わせる。

「聖剣よ、すべてを断ち切れ‼」

天堂は青白い濃密《のうみつ》な魔力を纏った聖剣を振るう。

それに対し、カラミラースの鉤爪が黒く光り輝き――二つの強大な魔力がぶつかる。

「はあぁぁぁぁぁぁぁぁぁっ！　まだ、まだだ！　まだ終われない！」

激しい衝撃《しょうげき》が大地を揺《ゆ》らし、空間を軋《きし》ませる。

拮抗《きっこう》する二つの力。

次の瞬間、カラミラースの爪に一つの傷が付いた。だが――

『甘い！』

「ぐっ、ぐあぁぁぁぁぁっ！」

天堂は吹き飛び、四人の元まで地面を転がった。

「「「「光司（君）⁉」」」」

四人は最後の力を振り絞って立ち上がり、天堂の側に駆け寄る。

天堂の胸は大きく裂《さ》け、長くは持たないであろうことが見て取れた。

『これで終わりだ』

カラミラースは再び、濃密な漆黒の魔力を開いた口に溜め込む。

『さらばだ。勇者とその仲間たち』

「助けて、晴人君……」

絶体絶命《ぜったいぜつめい》の瞬間、一ノ宮は両手を胸の前に組んで呟いた。

思い人が助けに来てくれることを祈るその言葉。

誰にともなく向けられたその言葉がカラミラースに届く前に、ブレスが五人に襲いかかろうとし――それが天堂たちの目の前へと現れた。

第4話　真打登場

ふう、間一髪《かんいっぱつ》間に合ったみたいだ。

俺、晴人は背後で呆然とする鈴乃たちの姿を見て、ほっと息をつく。

「悪い。来るのが遅れた」

天堂の傷は深いが、まだなんとかなるだろう。

「晴人君っ！」

「晴人か！」

「結城！」

「結城君だ！」

「はる、と……？」

鈴乃、最上、東雲、朝倉が叫ぶ。天堂も、意識はあるみたいだな。

『我のブレスが防がれただと？　……貴様何者だ？　いや、そもそもどうやってここに入った？』

この頭に響く声は……目の前の黒龍か。

しかし俺はそれに答えず、東雲にポーションを渡す。

「最下層にこんな強力なドラゴンがいるのは予想外だった。すまない、俺のミスだ……とりあえず天堂にはこのポーションを飲ませておいてくれ、全員分ある。安全性と即効性は保証するよ」

「あ、ありがとう」

東雲が天堂にポーションを飲ませると、みるみるうちに傷が塞《ふさ》がっていく。

「す、凄い勢いで傷が治《なお》っていく」

驚く東雲に、今さらそんなに驚くことはないだろうと苦笑していると、無視されていた黒龍が黒い火球を放ってきた。

「今は取り込み中だろうが」

片手で払い除《の》けると、黒い火球はポンッと軽い音を立てて消滅《しょうめつ》する。

『なに!? お前、一体何者だ!』

黒い龍は威圧を向けてくるが、俺はそれを柳《やなぎ》に風と受け流す。

「ただの通りすがりだ。気にするな」

『通りすがりごときが、我の火球を消せるわけがないであろう』

「消せたもんは消せたんだよ」

俺の言葉に、龍はグッと言葉を呑み込んでため息をつく。

『――まあ良い。それで、どこから入った?』

「あそこだな」

そう言って俺は入って来きた方向を指差す。

その先にあるのは、重厚《じゅうこう》な扉……の残骸《ざんがい》だ。

黒い龍は目を丸くして尋ねてくる。

『そう簡単に破壊できるはずが……一つ聞く』

「なんだ?」

『どうしてここへ？』

「こいつらを助けるためだよ。そもそも、こいつらにここに来るように言ったのは俺だし」

『……そうか。しかし、我の前に立つからには覚悟はできているのだろうな？』

「お前を倒す覚悟か？　そんなのする必要もないな……さっさとかかってこい、トカゲ」

俺がさっき龍が放ってきた以上の威圧を放つと、龍は目を細める。

『我と同格、もしくはそれ以上、か……貴様、名は？』

「名前を尋ねる時はまず自分から、ってママに教わらなかったか？」

『ふんっ、生意気《なまいき》な。良いだろう。我が名は煉黒龍グラン・カラミラース。この迷宮の支配者であり、最強最古のドラゴンである。死ぬから覚える必要もないだろうがな』

へぇ、ステータスを確認してみたけど、かなりスキルを持っているな。これは最強ってのもあながち嘘じゃないみたいだな。

「カラミラースか。俺の名前は晴人だ」

『ハルトか。覚えておこう』

俺とカラミラース、両者の放つ威圧がぶつかり合い、空間が悲鳴を上げるかのように軋む。

「天堂たち、下がってくれ。巻き込まないように結界を張っておく。出ようとするなよ」

俺はそう言って、扉の近くまで下がった天堂たちの周囲に多重結界を張った。フィーネたちもそのうち着くだろうから、仲間の出入りはできるようにしておく。

そして改めて、カラミラースへと向き直る。

「さて、始めるとしよう。お前が何者だろうと関係ない。全力で叩き潰してやる」

『もちろんだ。来い！　強き者よ』

カラミラースが言い終わるや否《いな》や、俺は一瞬で間合《まあ》いを詰め、腹目掛けて拳《こぶし》を打ち込む。

ズドンッと重く鈍い音が響くと共に、カラミラースは衝撃で数メトル後退した。あれでこの程度しか動かないとは……やはり流石だな。

カラミラースは目を見開いていたが、先ほど天堂たちに向けられ、俺が防いだ以上の魔力が込められたブレスを放ってきた。

至近《しきん》距離のブレスが、俺の立つ場所に直撃するが、俺は動かない……正確には、動く必要もなかった。

ブレスが途切れた後に残るのは、融解《ゆうかい》した地面と、無傷で立つ俺だけだった。

『これをまともに食らって立っていられるはずが……どうやって防いだ？』

カラミラースはこちらを見下《みお》ろしながら、そう尋ねてくる。

しょうがない、答える義理はないが、教えてやろう。

「空間断絶《だんぜつ》効果を持つ結界を張っただけだが？」

『……なぜそんな高等技術を、普通の防御魔法を張るかのように言っている』

できるものはしょうがない。

「次はさっきより強めに殴《なぐ》ってみようかな。思った以上に硬《かた》かったし」

聞こえるか聞こえないかくらいの声量でそう呟いた。

結界は足元まで覆《おお》っていたので、足場は無事。

俺は強く地面を踏みしめ、前方へ跳躍すると共に拳を振り抜いた。

俺の拳は再びカラミラースの腹に食い込み、先ほどよりも鈍く重々しい音が鳴る。

『ぐおぉっ』

ただまたしても、数メトル後退するだけだ。多少は効いていると思うが、大したダメージではないだろう。

『くっ、防御は立派だが、攻撃は殴るだけか？　そんなものでは我は――』

「まだこれからだぞ？」

『なに？』

俺はそう言うなり、両拳に光魔法を纏わせる。

「闇には光。当たり前だよな？」

その言葉と共に、カラミラースの腹にラッシュを撃ち込んだ。

さっきまではヒビも入らなかった腹部の龍鱗《りゅうりん》が、割れて剥《は》がれ落ちていく。

それでも止まらない無数の打撃。カラミラースは反撃しようにもできないでいた。

『舐《な》める、なぁぁぁぁぁぁッ‼』

しびれを切らしたように、カラミラースから半球状に衝撃波が放たれる。

拳を振り切った姿勢だったため吹き飛ばされてしまうが、体勢を整《ととの》えて、宙を歩くスキル天歩《てんほ》で空中に着地する。

距離ができたところで改めて観察してみると、カラミラースの腹はところどころ龍鱗が剥がれ、出血している箇所《かしょ》もあった。

『なかなかやるではないか。だが……』

カラミラースは再び口を開き、濃厚な魔力を集中させていく。

「晴人君‼」

結界内の鈴乃が俺の名前を叫ぶと同時に、カラミラースのブレスが放たれた。

もはやブレスというよりレーザーと呼べるほどに集中した魔力は、生半可《なまはんか》な結界や防御では防げないだろう。

俺は深く腰を落とし、抜刀の体勢へと移り——一閃。

紅《あか》き剣閃《けんせん》が煌《きら》めいた。

俺の愛刀である黒刀紅桜《こくとうべにざくら》の能力、絶対切断が発動し、その黒き閃光《せんこう》を断ち切る。

そしてそのまま斬撃が飛び、カラミラースの左腕を切り落とした。

――グルァァァァァァッ⁉

カラミラースは渾身《こんしん》の一撃が防がれたこと、そして左腕を落とされたことに、驚きと痛みの声を上げる。

しかしその視線はすぐに、俺の持つ刀へと向けられる。

『我が攻撃を防いだことは見事だ……どうやら我は、貴様に勝てそうにない。だがこの迷宮の支配者である以上、簡単に負けを認めるわけにもいかぬ。ハルト、一つ良いか？』

カラミラースは俺には勝てないと悟ったようだった。

「なんだ？」

『その剣の名前は？　もし我がハルトに勝利したらそれを貰《もら》いたい』

「構わない。どうせお前は勝てないからな。それとこれは剣ではなく刀だ。名前は黒刀紅桜。俺の相棒だ」

『刀、か。そして美しい名だ』

敗北を悟ったカラミラースだが、諦める気はないようだ。気配がより一層大きくなる。

『ここは広いが、この体では全力を出せん。それに小さき者と戦うには大きすぎる』

「たしかにそうだな」

俺が大きすぎるという言葉に頷くと、次の瞬間、カラミラースを包むかのように漆黒の風が渦巻《うずま》いた。

そしてそのまま龍の巨体を包んで球体になると、徐々に小さくなっていく。

やがて直径二メトルほどの球体になったかと思うと、表面にヒビが入る。

ヒビが徐々に広がり、球体が完全に崩れると、そこにいたのは屈強《くっきょう》な体をした身長百九十センチほどの美丈夫《びじょうふ》であった。

黒髪の短髪に、鋭い黄金の瞳《ひとみ》。服装は地球の時代劇で見たことのある、着流しの着物のようなものを着ている。刀のことは知らなかったみたいだが、あんな服はあるのか。

そして驚くことに、切断したはずの左腕が再生していた。

「この姿になるのも数百年ぶりか……これなら戦いやすいだろう？」

そして人化したのに合わせて、あの頭に響くような声ではなく、直接話すようになった。

「なるほど。スキルにあった変身か」

「ほう、鑑定持ちだったか。であれば、我の力も分かるであろう……さて、始めるとしよう」

カラミラースはそう言って、右腕を地面と水平に伸《の》ばす。

すると足元から剣が出現し、カラミラースはその剣を握《にぎ》る。

一目見ただけで分かる。

あの剣は俺の黒刀紅桜と同等の代物だ。

気になり鑑定すると……

名前：竜魔剣グロリアース
レア度：神話級《ゴッズ》
備考：神話の時代に生きた古竜グロリアースが命尽《つ》き、姿を変えた剣。
空間切断能力を持ち、斬られた者には能力低下の呪《のろ》いがかけられる。
常時効果として、破壊不可、使用者の身体能力、スキル威力の五倍化。

予想以上にとんでもない剣だ。

といっても、俺には状態異常無効のスキルがあるから、能力低下の呪いは効かないから大丈夫だろう……大丈夫だよな？

若干《じゃっかん》不安になりつつもカラミラースを注視《ちゅうし》する。

カラミラースは握り心地《ごこち》を確かめるように、剣を何度か振る。

そして彼が構えを取った瞬間、戦いは再開した。

剣と刀がぶつかり合い、火花が散る。

拮抗するもすぐに距離を取り、お互い間合いの外へ。

そして再び近寄り、そこからは剣戟《けんげき》の応酬《おうしゅう》が繰《く》り広げられることになった。

もはや天堂たちにとっては別次元の戦いとなり、見ていることしかできない。

フィーネたちも到着したが、俺が敵と切り結《むす》んでいるのを見て、そそくさと天堂たちの結界に入っていく。

そんな仲間たちの方から、話し声が聞こえてきた。

「やっぱり晴人君は凄いな。俺たちに本気を出さなかったあのドラゴンが、本気で戦っている……まあ、晴人君の方がレベルが高かったからだろうけど」

「だよな。やっぱりリアルチートを目にすると嫉妬《しっと》の『し』の文字も出ないわ」

天堂に答えたのは最上であった。苦笑する天堂も同じことを考えていたのだろう。

俺がそちらに意識を割《さ》いているのをチャンスと思ったか、カラミラースが斬り込んでくる。

しかし俺はあっさりとカラミラースの剣を弾くと、そのまま左腕を切り落とした。

「ぐっ、やるではないか。だがまだだ」

カラミラースの切り落とされた腕は黒い霧《きり》となり消滅する。そして、肩口の切断面から黒い闇が出て腕が再生された。

ちょっ、それ反則じゃね？

そのスピードは、今まで見た超再生のスキルよりもはるかに速い。

カラミラースは何事もなかったかのように剣を振るう。

フェイントを入れながらの鋭い攻撃を、必要最低限の動作で躱し、刀で剣の軌道《きどう》をずらしていく。

それが続くこと数秒、いや数分だろうか。

ようやくカラミラースが一度距離を取った。

「見事な腕前だ。我が剣技を捌いてみせるとは……だがそれもここまで。これで終《しま》いだ」

カラミラースは一瞬で俺の背後に移動し、袈裟懸《けさが》けに斬りかかってくる。

しかしその直後……

「ぐあっ」

俺はカラミラースの背後に回り込み、その背中を蹴り飛ばした。

「くっ、いつの間に……」

一瞬で背後に回られたことが信じられないかのように目を見開く。

奴としては、目を離《はな》したつもりはなく、まさか俺の動きの方が速いとは思っていなかったはずだ。

再び俺の背後に回り込むカラミラース。しかし……

「もう少し気配の消し方を覚えたらどうだ？　そんな殺気も気配もダダ漏れじゃ、位置をバラしているようなものだ」

俺は剣が振り下ろされる前に、その右腕を掴《つか》んでいた。

カラミラースは俺の手を振り払い、再び距離を取る。

そして一つ深呼吸すると、その雰囲気と姿が変わっていった。

皮膚《ひふ》のところどころに黒い龍の鱗《うろこ》が生《は》え、黒かった髪には燃えるような赤色が交じり、頭には龍の時と同じ角が二本生え、尻尾も生えていた。

命名するなら……竜魔人化、といったところだろうか？

「これからが本番だ」

「みたいだな。楽しませてくれよ？」

「もちろんだ」

今まで以上に濃厚な魔力が、カラミラースを包むかのように纏わりつく。

気がつけば、カラミラースは一瞬にして俺へと近寄り、龍鱗に覆われた左拳で一撃を放ってきていた。

それに対して、俺は咄嗟に片手で受けとめようとして——横から拳を食らった。

左拳はフェイントで、右のフックが思いっきり入ったのだ。

俺はそのまま吹き飛ばされ、地面を転がる。

皆が驚愕《きょうがく》で声を上げる中、俺はすぐに立ち上がる。

「驚いた。まともにダメージを食らったのは久々だよ」

なんだかんだ言って、チートを手に入れてからこんなダメージを食らったのは初めてではないだろうか。

「そうか。ならばこれから、もっとダメージを受けることになるな」

「それはちょっと勘弁《かんべん》してほしいかな」

俺はおどけつつ、カラミラースを観察する。

まさかここまで戦闘力が上がるとは思っていなかった。今のコイツなら、魔王すら倒せるんじゃないか？

おそらくあの鱗は、刀を通さないだろう。ここは刀ではなく、拳で戦った方が良いかもしれないな……

そして次の瞬間、カラミラースが再び一瞬で飛び込んできた。

さっきは油断していたが、今回は動きを目で捉《とら》えている。

しかし全ての攻撃を捌ききることはできず、いくらかは食らってしまう……が、それはお互い様だ。

互いにダメージを与え、食らいながら、殴り合って斬り合う。

しばらくそうしていたが、このままでは決着がつかなそうだったので、俺は距離を取った。

自身に回復魔法をかけていると、カラミラースが肩で息をしながら楽しそうに笑う。

「どうした、もう限界か？」

「抜かせ。そろそろ俺も本気で行こうと思っただけだ……簡単に死ぬんじゃねぇぞ？」

「ふん、戯言《ざれごと》を――」

俺はカラミラースの言葉を遮《さえぎ》って、自身にかけていたリミッターを解除し、魔力を解き放つ。

俺の体から荒《あ》れ狂うように溢《あふ》れた真紅《しんく》の魔力を見て、カラミラースが頬を引きつらせていた。

「どうした。気分でも悪いか？」

「……なに。大したことはない」

「そうか――なら行くぞ」

俺がそう言い終えると同時、カラミラースが剣を振るいながら近づいてくる。

「なっ⁉」

カラミラースの目には、剣が俺を切り裂いたように見えただろう。

しかし斬られた俺の姿は、空気に溶けるかのように消滅した。

「――陽炎《かげろう》」

俺はカラミラースの背後で、ぽつりと呟く。

「いつの間にッ‼」

振り向き様に薙《な》ぎ払われた剣は俺を切り裂くが、それもまた消滅した。

「お前はもう俺を捉えることはできない」

カラミラースの腹からは、俺の刀が突き出ている。

「うぐ、う、ぐはっ……」

俺が刀を引き抜き鞘に納めると、カラミラースは即座に傷口を治し、俺に斬りかかろうとしたところで、膝をついた。

「うっ、ぐぁっ⁉」

自身でも何が起きたのか分かっていなかったのだろう。

俺の放った魔力弾によって両足が消滅したのを目にして、ようやくカラミラースは悲鳴を上げた。

俺はカラミラースの剣を蹴飛《けと》ばし、その腕に魔力弾を撃ち込む。

カラミラースは傷を治していくが、その度《たび》に俺は魔力弾を放ち、立ち上がることすら許さなかった。

そうして奴が魔力を大量に使い、ついには再生が追いつかなくなったところで、俺は刀を抜いてカラミラースの首筋に当てる。

おそらく最後の魔力を使い切って四肢《しし》を再生したカラミラースは、俺を見上げる。

「くっ、殺——」

「俺の、配下になる気はないか？」

「……は？」

覚悟を決めた顔で俺を見上げていたカラミラースだが、俺の言葉にぽかんとした表情になる。

これだけ強い奴が仲間にいれば心強いし、悪い奴ではないと思うんだよな。

「俺はお前が欲しい。ただそれだけだ。どうだ？　俺と一緒にいれば、まだまだ強くなれるかもしれないぞ？」

俺の言葉に、カラミラースは考え込む。

そして数分の思考の後、カラミラースから出た言葉は……

「――我を、いや、私をハルト様の配下に」

「ああ。よろしく」

よし、これで強力な仲間ゲットだ！

第5話　晴人の進化

戦いが終わったのを見届けて、フィーネや天堂たちが駆け寄ってきた。

「助かったよ結城。それで……」

天堂はカラミラースの方を見やる。

「もう大丈夫だ。こいつはもう俺の配下だ」

「……本当か？」

どうも信用できないようだな。

まぁ、あんなにボロボロにされたばかりだし、それも仕方がないだろう。

「昨日の敵は今日の友と言うだろ？　な、カラミラース？」

「はい。この身はすべてハルト様のもの。仰《おお》せのままに」

「だとさ天堂」

「……分かったよ。晴人君がいいなら文句はないよ。皆もどうかな？」

皆に確認を取るも……

「私は良いと思うよ」

「そうだよね」

「助けてくれたのは結城だし」

「だな～」

一ノ宮、朝倉、東雲、最上の順で、そう言ってくれる。

「そこの勇者たちよ、先ほどはすまなかった」

「気にしないでください」

カラミラースが天堂へと近寄り謝罪《しゃざい》するが、当の天堂たちは、気にしていないように見えた。

「フィーネたちも問題ないか？」

俺は天堂たちの後ろにいた、フィーネ、アイリス、アーシャ、エフィル、クゼルに尋ねる。

「はい、もちろんです！」

フィーネがそう言うと、全員が頷いてくれた。

俺はそれを確認して、カラミラースに向き直る。

「それじゃ、改めてこれからよろしくな、カラミラース」

「はっ！　……あの、私から一つお願いがあります」

「俺にできることならなんでも言ってくれ」

「ありがとうございます。ではあなた様の配下となった証《あかし》として、私に新《あら》たな名を頂けますでしょうか？」

「……いいのか？」

「はい。名を頂けることが最上の喜びですので」

そういうものか？

まあ名前くらい問題ないが……なんて名付けようかな？　名前を付けるの、苦手《にがて》なんだよな。

スキル思考加速を使い、真剣に考える。

たしか、ステータスに『原初の龍』ってあったっけ。

原初。ということは……『オリジン』か？

なんかしっくりこないなぁ～……

あっ！

「グランというのは名前か？」

「はい」

「分かった。なら決まったな」

俺はカラミラースに名を与える。

「煉黒龍グラン・カラミラースに新たな名を授ける。新たな名は――『ゼロ』だ。これよりは、煉黒龍ゼロ・カラミラースと名乗るがいい」

「ありがたき幸せ。我が身果てるまで、一生の忠誠《ちゅうせい》を誓わせていただきます！」

俺の前に跪《ひざまず》き、絶対の忠誠を誓うカラミラース改めゼロ。

「おう。期待しているぞ、ゼロ」

「はっ」

名前を確認するためにゼロのステータスを見ると、称号覧《らん》に〈絶対者の加護《かご》〉と〈主《しゅ》従《じゅう》の絆《きずな》〉というものが増えていた。

……絶対者って俺のことか？

なんてことを思っていると、ゼロは俺に尋ねる。

「それで主よ。この階層のボスはどうなさるのですか？　私がこのまま続けることもできますが」

そうだったな。

とりあえず、ゼロの意思を確認してみるか。

「ゼロはどうしたい？　俺についてくるか？」

「はい。久しぶりに外界へ出たいと考えています」

「分かった。だがここのボスはどうする？」

流石にダンジョンボスのまま外に出ることはできないはずだ。

「この先の隠された空間に、ダンジョンコアがありますので、そこで登録をすれば新たなボスを設定できます。代わりの魔物については……召喚すればよいかと」

ダンジョンってそんなにシステマチックな感じだったのか⁉

「召喚か……俺は魔物召喚スキルは持ってないんだが、どうしたものかな」

そう悩《なや》んでいると、世界の声が聞こえてきた。

最近スキルも取っていなかったし、本当に久しぶりだ。

《レベルが上がったことにより結城晴人の進化が可能になりました》

……は？　進化？　どういうことだ？

《経験値が人間の上限に到達したため、進化することが可能です。進化しますか？》

え？　大丈夫なのか、これ。

……でもせっかくだし、進化しておくか？

俺は悩みつつ、皆に報告する。

「ちょっと待ってくれ。なんか俺、進化できるらしいんだけど」

「「「え？　進化⁉」」」

皆の声が揃った。俺も全く同じ気持ちだ。

ゼロや、勇者として教育を受けてきた天堂たち、エルフのエフィル、王族のアイリスなら、人間の進化について何か知っているかもと思ったんだが……反応を見る限り、そういうわけでもなさそうだな。

せっかくなので、進化してみるか。

俺が進化に承諾《しょうだく》した瞬間、体が光り輝き始めた。

《スキル、ステータスの統合改変、調整が行われました。これにて進化が終了します》

数分後、そんなアナウンスと共に光が収まった。

どうやら終わったようだ。案外早かったな。

体を見回してみるが、特に変わったところはない。

「ちょっとステータスを確認してみるから、待っていてくれ」
ちなみに、グリセントの王都を出発する前のステータスはこんな感じだった。

名前　：結城晴人
レベル：355
年齢　：17
種族　：人間（異世界人）
ユニークスキル：万能創造　神眼《ゴッドアイ》　スキルMAX成長　取得経験値増大
スキル：武術統合　魔法統合　言語理解　並列思考　思考加速　複製《コピー》　修羅《しゅら》
限界突破
社交術
称号　：異世界人、ユニークスキルの使い手、武を極《きわ》めし者、魔導を極めし者、超越者《ちょうえつしゃ》、EXランク冒険者、魔王、殲滅者《せんめつしゃ》

さて、今回はどうなったか……
俺はさっそく、新しいステータスを確認する。

名前：結城晴人
レベル：410
年齢：17
種族：超人間《ハイヒューマン》（異世界人）
エクストラスキル：混沌之支配者《アザトース》　武神　森羅万象《しんらばんしょう》
スキル：社交術　言語理解
称号：異世界人、武を極めし者、魔導を極めし者、超越者、ＥＸランク冒険者、
魔王、殲滅者、世界最強

いやちょっと待てい！　色々と変わりすぎだわ！

かなりすっきりしたが、色々なくなってるし色々増えてる。

焦りながらも、まずはユニークスキルの代わりに増えているエクストラスキルについて確認してみる。


〈混沌之支配者《アザトース》〉

魔法系統合スキルの上位スキル。

自らの意思で取得していない魔法・スキルについても、発動できるようになる。

消費魔力が五分の一になる。

〈武神〉

武術系統合スキルの上位スキル。

〈森羅万象〉

並列思考・思考加速・演算《えんざん》・解析《かいせき》・鑑定が可能となる。

神眼《ゴッドアイ》の効果をそのまま引き継《つ》いでいる。

自立型の補助機能がある。

なるほど……これなら万能創造もスキルＭＡＸ成長も必要ないな……ってそういうレベルじゃなくないか⁉

これは流石にイージーモードすぎるって‼

でも、これまでは自動的にスキルを取得したり、ユニークスキルをコピーしてくれたりと、けっこう便利だったんだが……これは、自分でもある程度の知識がないとスキルを使えなくなったってことか？

少し不便な気もするが……まあ、森羅万象があるからなんとかなる……か？

俺が考え込んでいると、おそるおそるフィーネが尋ねてきた。

「あの、ハルトさん。どう、でしたか？」

見回せば、他の面々も気になっているようだ。

それもそうか、進化したなんて言われたのだから。

「うーん、ステータスが見やすくなったくらいかな?」

「なあ晴人、見せてもらっていいか?」

最上が聞いてくる。

そんなに見たいの? まあ減るもんじゃないしいいかな。

「ああ、いいよ」

この場にいるすべての者に、ステータスを見せると……誰も何も言えなくなってしまった。

「「「「…………」」」」

そんな中、鈴乃がゆっくりと口を開いた。

「さ、ささ流石晴人君だよ。あ、あははっ……」

流石とか言う割には、どう見ても表情が引きつっているのだが……

フィーネたちも何か言いたげだったが、「まあハルトだから」と納得したような表情になる。

その反応はその反応でちょっと傷つくんだよな。

すると、東雲が首を傾げて尋ねてきた。

「ねえ結城。種族の超人間《ハイヒューマン》ってなに？」
自分でもさっぱりでございます。
どう説明したものかと悩んでいると……
《説明します》
うおっ、何だ⁉　頭の中に直接、声が響いてきた。世界の声とはまた別みたいだが……
《エクストラスキル森羅万象の補助機能です》
あっはい。ご丁寧《ていねい》にどうもありがとうございます。
ていうか会話できてる？
《はい。スキルを円滑《えんかつ》に使用できるよう、サポート役として人格が形成されています》
なるほど、ある意味俺の中の別人格みたいなものか。
それじゃあ、俺の種族について説明してもらえるか？
《はい。この世界では稀《まれ》に、種族進化が起こります。たとえばエルフの上位種にはハイエルフがあり、エルフが進化したり、先祖《せんぞ》返りで生まれることがあります。人間種であれば超人間《ハイヒューマン》が上位種にあたるのですが、結城様は進化可能なレベルながら条件を満たしておりませんでした。今回は最古にして原初の龍、煉黒龍グラン・カラミラースを支配したことで、進化条件を満たしました》
なるほどな。それで超人間《ハイヒューマン》にはどんな特徴《とくちょう》があるんだ？

森羅万象は色々と説明してくれたが、簡単にまとめるとこうだ。

『超人間《ハイヒューマン》』という種族はシンプルに、『人間』以上の能力上限を持ち、スキルや魔法を獲得しやすい。ユニークスキルとは別の、その個人だけのエクストラスキルを持つことができる……とのことだ。

かつてはそれなりの数がいたが、歴史の中で絶滅《ぜつめつ》していったという。能力が高いだけでそれ以外は普通の人間と変わらないので、絶滅以来、先祖返りとして生まれても、自身の力に気付いた者はいない。また、進化によって辿り着いた者はいないそうだ。

そのことを皆に伝えると、何とも言えない表情をしていた。

「えっと……つまり、特に何かが変わったわけではない、ってことですか？」

フィーネが少し言いにくそうに聞いてくるが……まあその通りだろう。

元々能力が高かったせいで、そこまで変わった感じがしなくて、ちょっと拍子《ひょうし》抜《ぬ》けなんだよな……

まあ、別に悪いことが起きたわけじゃないからいいんだけどさ。

「……それじゃ、ちょっと話が逸《そ》れちゃったけど、ゼロの代わりの魔物の召喚だったっけ。スキルを使えばなんとかなりそうだな」

森羅万象。魔物の召喚は可能か？

《可能です。『魔物召喚』、『悪魔召喚』、『精霊召喚』のスキルを生み出すことができます》

そ、それは凄いな……

いや、今回は普通の魔物召喚でいいんだけどさ。

あ、それと森羅万象。俺に『様』を付けるのはやめてくれ。そうだな……俺のことはこれから『マスター』と呼んでくれるか？

《承知《しょうち》いたしました。マイマスター》

適応早いな、助かるけど。

あと、名前も付けておいた方が呼びやすいよな……『エリス』なんてのはどうだ？

《マスター、ありがとうございます。スキルである私に名前を頂けるとは光栄です》

声だけだから分かりづらいけど、喜んでくれているみたいだ。

……さて、それじゃあさっそくやってみるか。

第6話　魔物召喚

「皆、ちょっと下がっててくれるか？　今から、ゼロの代わりにここのボスにする魔物を召喚するからさ」

全員が十分に離れたのを確認した俺は、片手を前に突き出す。

そして魔物召喚のスキルを発動し、魔力を込める。

「さっさと出てこい」

召喚時の詠唱《えいしょう》は適当なものでいいので、簡単に済ませる。

すると俺の前の地面に、直径五十メトルほどの巨大な魔法陣が魔力によって描《えが》かれた。

さっそくそこに、召喚に必要な魔力を流し込む。

少しでいいって話だったし、こんなもんかな？

軽く魔力を込めたつもりだったのだが……ゼロが青ざめていた。

「主よ。魔力が多すぎます。これでは召喚が失敗するか、相当強力な魔物が出てきて制御できない可能性が……」

「え？　そうなのか？　ちょっとのつもりだったんだけど……」

天堂たちもゼロの言葉にうんうんと同意している。

え、マジ？

これはアレか、進化したことで魔力量が上がって、上手《うま》くコントロールできなくなってるのかな。

というか召喚が失敗したらどうなるんだ？

《魔法陣の魔力が暴走《ぼうそう》し、爆発します》

爆発するの⁉

《この魔力量ですと、ナルガディア迷宮と、その周辺が地図から消滅することになります》

いやいやいや、ヤバすぎるだろ！　もっと早く教えてくれよ！

俺は慌てて魔力を減らそうとするが、魔法陣が光り始める。

まずい、暴発《ぼうはつ》するのか？

《いえ。どうやら召喚は成功したようです》

そんなエリスの声とともに、魔法陣から黒い魔力が螺旋状《らせんじょう》に噴き上がった。

そしてその魔力が収まった後にそこに残っていたのは……

「黒い、球体？」

東雲が呟く。

その言葉の通り、そこにあるのは半径五十メトルほどの球体だった。

そして徐々にヒビが入っていき、球体が砕け散り、中から魔物の姿が現れた。

「ま、まさか！　そんな……！」

そんな絶望《ぜつぼう》の声を上げたのはアイリス。

天堂たちも、あまりの魔力の多さに冷や汗を流している。

現れた魔物の体長は、およそ五十メトル。頭に二本の角を生やした四足歩行の獣だった。

牛とカバを足して二で割ったような見た目だが、赤黒い皮膚と隆起《りゅうき》した筋肉が目立つ。

この魔力量と気配は……だいたいゼロと同じくらいか？

「アイリス、大丈夫か？」

俺は呆然としているアイリスに問いかける。

「大丈夫なわけないじゃない！　おそらくこの魔物は伝説の魔獣――ベヒーモスよ」

「ベヒーモス？」

元の世界にいた時は、ゲームとかアニメとかでよく名前を聞いた気がするな。

アイリスの話によると、最後の記録は千年前の戦争でのこと。

戦争で追い詰められ、神代に生きたと言われる伝説の魔獣、ベヒーモスを召喚した国があった。しかしベヒーモスは召喚されるや否や、敵国だけではなく、召喚した国も無差別に破壊し尽くした。

そのまま周辺国にも攻《せ》め入るかと思われたが、召喚時の魔力が少なく不完全な召喚だったこともあり、その前に消え去ったという。

以来、その話は国家による魔物召喚を諫《いさ》めるためのおとぎ話として、各国の王家に伝わっているそうだ。

「そうなのか……でもこいつが今ここで暴《あば》れたら、俺かゼロくらいしか止めらんないよな？」

――グルオォォォォォォォォ！

俺が言い終えた瞬間、ベヒーモスが咆哮を上げた。

やべっ、余計なフラグ立てちまったか？

咆哮と同時に放たれた威圧によって、顔を青くした天堂やフィーネたちがそそくさと壁際《かべぎわ》へ逃げる。

フィーネたちはともかく、天堂は勇者なんだから逃げるなよ。

まあポーションで回復したとはいえ、さっきの戦いで疲れてるだろうからいいか、と思いつつ、ベヒーモスのステータスの確認をしてみる。

名前　：地暴獣ベヒーモス
レベル：280
種族　：祖獣《そじゅう》
ユニークスキル：大地之支配者《だいちのしはいしゃ》
スキル：闇魔法Lv10　火魔法Lv10　雷魔法Lv10　地魔法Lv10　威圧Lv10
咆哮Lv10　強靭Lv10　豪腕《ごうわん》Lv10　豪脚《ごうきゃく》Lv10　気配察知　魔力察知
危機察知　魔力操作
変身　天候操作　物理耐性　魔法耐性
称号　：原初の獣、天災級、陸の王者、最強種、破壊者

〈大地之支配者〉

魔力の消費が五分の一になる。

火魔法、雷魔法、闇魔法、地魔法の威力六倍。

戦闘時のみ基礎身体能力、魔法の威力五倍上昇。


えーっと……なんかスキルだけだったらゼロより強そうに感じるんだが。

呆然としていると、ベヒーモスが突進してくる。

「ちょ、なんで⁉ 俺召喚主だぞ⁉」

《召喚した魔物は、実力を見せて従《したが》える必要があります。また、長らく休眠《きゅうみん》状態だったのを、召喚によって邪魔《じゃま》されて怒っていると推測します》

そんな理由で怒って召喚主に攻撃してくんの？

咄嗟に身構える俺だったが、目の前にゼロが躍り出て、ベヒーモスの前に立ちはだかった。

「召喚主に歯向かうとは愚《おろ》かな。ベヒーモスよ、私が相手をしよう」

しかしベヒーモスは止まることなく、角を突き出しこちらに迫ってくる。

ゼロは地魔法で分厚《ぶあつ》い壁を生み出すが、突進によって簡単に砕け散る。

あの壁をあんなにあっさり破るとは……流石だな。

呑気《のんき》に考えていると、ゼロが片腕を竜化させ、ベヒーモスの鼻っ面《つら》に拳を叩き込んだ。

ベヒーモスの巨体がようやく停止し、その目がゼロへと向けられる。

『……む？　誰かと思えば、その魔力はカラミラースか、久しいな。しかし邪魔をするでない。召喚などというくだらん術で我の眠《ねむ》りを邪魔したそいつを、許してはおけん』

ちょっと睡眠妨害《すいみんぼうがい》されただけでキレすぎではなかろうか。

というか知り合いなのか？

そんな疑問を俺が口にする前に、ゼロが首を横に振った。

「それは無理だ」

『なに？』

ゼロが俺を見ながら言うと、ベヒーモスもこちらに視線を向ける。

『どういう意味だ？　なぜその人間を庇《かば》う？』

「この方が、私にゼロという新しい名を与えてくれた主だからだ」

「……なんだと⁉」

ゼロの言葉に信じられないと言いたげに目を見開き、俺を見るベヒーモス。

『……ふん。カラミラースよ。こんな人間に従わねばならんほど落ちたのか。ならば我が解放してやろう』

随分《ずいぶん》な言い様だな。

「言ってくれるじゃないか。召喚主の実力も見抜けないとは、もしかして脳みそまで筋肉でできているのか?」

『減らず口を。そう喋《しゃべ》っていられるのも今のうちだ』

俺の挑発にあっさりと乗ってくるベヒーモス。

俺はゼロに念話を飛ばす。どうやら主従関係になったことで、念話が可能になったらしかった。

『……コイツ、殺していい?』

『……一応、私の古き友の一人です。できれば殺してほしくはありません』

『そうか、それなら殺さない方向で……って言っても、力の差は思い知らせてやらないといけないよな?』

『お任せいたします』

ゼロのお願いも聞いたところで、俺は笑みを浮かべる。

すると何か気配を感じ取ったのか、俺の顔が見えていないはずのフィーネと天堂の話し声が聞こえた。

「何か良くないことを企《たくら》んでいる雰囲気ですね」

「そうだね、フィーネさん」

フィーネの言葉に天堂が同意している。

良くないことってなんだよ。

「ゼロ、下がってろ」

「御意《ぎょい》」

ゼロがフィーネたちのところまで下がったのを確認して、俺はそちらに結界を張る。

余裕ぶっているのか、それをゆっくりと見届けたベヒーモスはようやく口を開いた。

『もういいか？　それでは食らえ――ディスラプション』

ベヒーモスの口から、黒い雷の球が放たれる。

あれは……闇と雷の複合魔法か？　あの魔力密度《みつど》だと、不用意に触《ふ》れない方が良さそうだ。

「しゃらくせぇ！」

俺は右手に結界を張り、黒い雷を殴りつける。

そしてインパクトの瞬間、時空魔法を発動し、別空間へと転移させた。

下手《へた》に受けたらこの階層全体に雷が拡散しそうだし、同じ魔力量の魔法で相殺《そうさい》するのも、暴発の危険がある。

時空魔法で別空間に転移させるのもけっこう魔力が必要だが、暴走の心配はないしな。

『消えただと⁉　馬鹿な！』

しかしベヒーモスの目には、奴の言葉通り消えたようにしか映らない。

驚きのあまり動きが止まったのを見て、アイリスがはしゃいでいた。

「流石ね！　ハルトが負けるわけないもの！」

えっとアイリスさん、それはフラグにならないですかね？

同じことを思ったのか、天堂たちも冷や汗を垂《た》らしているようだ。

「えっと、アイリスさん。そういうことはまだ言わない方が……」

「え、なんで？」

鈴乃の言葉にアイリスが首を傾げていると、平静さを取り戻したらしきベヒーモスが、地の底から響くような低い声を発した。

『……やるようだな、だがこれで終わりではないぞ！　人間が！』

その言葉と共に、ベヒーモスの全身から魔力が噴き出す。

そしてそのままベヒーモスの体に纏わりつき、赤黒い魔力の鎧《よろい》となった。

先ほどよりも強いプレッシャーが俺を襲う。

《マスター、ベヒーモスの能力値が二倍以上に膨れ上がりました》

「みたいだな。厄介《やっかい》だ」

物理耐性と魔法耐性のスキル持ちだから、生半可な攻撃は通じない。

それに、魔力も召喚の際にそれなりに減っている。

「……ま、それでも俺の敵じゃないが」

俺はそう、ぽつりと呟いた。

その声が聞こえたのか、ベヒーモスがさっき以上のスピードで突進してくる。

ほぼ音速に近い動きだが、俺の身体能力と思考速度からしてみれば、まだまだスローモーションにしか見えない。

ベヒーモスの角には膨大《ぼうだい》な魔力が込められており、かすっただけで体が弾け飛ぶであろうことは間違いない。

……まあ、ただの人間であれば、だが。

俺は体をずらし、左右の角の中間に来るように立つ。

そしてそのまま突《つ》っ込《こ》んできたベヒーモスの額に右手を当て、渾身の突進の勢いを殺した。

数メトル押し込まれたが、まあこんなものだろう。

「物騒《ぶっそう》な角だな、折ってもいいか？」

俺はそう言って、ちらりと角を見る。

『……人間ごときが、我が突きを止めるか』

「俺がいつ人間だって言った？」

『……なに？　どういうことだ？』

「ついさっき、進化したばかりでね」

『進化だと？　エルフならまだしも人間が進化など……』

「そう言われてもな」

ベヒーモスは俺を睨《にら》みつけると、素早い動きで後退する。

『……ふむ。その強さを見るに、どうやら進化したことは本当のようだが……関係ないな』

そう言い終えた瞬間、真上から落ちてきた赤黒い雷が俺に直撃する。

さっきの黒い雷の球と同じ……いや、それ以上の魔力が込められた雷魔法だ。

『その魂諸共《もろとも》滅《ほろ》ぶがよい！　認めよう、強き人族よ！』

俺の立っていた場所を中心に土煙が立ち、周囲数メトルの地面が赤熱《せきねつ》する。

「ハルトさんっ！」

「ハルト！」

「晴人君！」

フィーネ、アイリス、鈴乃の叫び声が聞こえた。

『これで死んで――』

「まだ甘いな。それでも伝説の魔獣か？」

『なっ⁉』

俺は挑発するように言いつつ、風魔法で煙を払い、五体満足の姿を現す。

『馬鹿なっ！　我が雷はすべてを消滅させる。生物であれば消し炭《ずみ》も残らぬほどの魔力を込めたのだぞ！　なぜ生きて……』

「単にあの程度じゃ、俺には通用しなかったってだけだよ」

『通用しないだと？　そんなはずは！』

「おいおい、その目は節穴《ふしあな》か？　現にこうやって俺は無傷じゃないか」

シンプルに結界を張って防いだだけなのだが、そんな強力な結界が張れるとは思ってもいないのだろう、ベヒーモスはなかなか現実を認めない。

まあ、そこまで説明してやる義理はないよな。

さて……

そろそろ反撃するかと刀を抜いたところで、再びベヒーモスの体から魔力が溢れた。

「……またか？」

ゼロの時と同様、魔力はベヒーモスの全身を覆う球になったかと思うと、人型ほどのサイズまで収縮《しゅうしゅく》していく。

そして球体が割れ、そこから現れたのは、身長二メトル弱の、筋骨隆々《きんこつりゅうりゅう》なイケメンだった。短髪黒髪で、三十代くらいに見える。

そしてその頭には、獣の時と同じ形の角が生えていた。

「これで貴様も戦いやすくなっただろう？　ようやく対等だな」

いや、ここまでの戦い、お前が一方的に攻撃してきて、全部俺に効いてなかっただけじゃん。なんで配慮《はいりょ》してやったみたいな感じになってるんだ？

「何を言ってる——お前が下で俺が上、だろう？」

「なんだと⁉」

ベヒーモスは怒りに顔を歪ませる。

ゼロの時もそうだったけど、人化すると表情が分かりやすくて煽《あお》り甲斐があるな。

と、アーシャたちの話し声が耳に届く。

「なんかもう、完全に悪役ですね……」

「結城のことだからノリノリで言ってそうだよな」

「まあ本人が楽しければいいのではないか？」

アーシャ、最上、クゼルがそんな話をしている。

……お前たち、覚えてろよ？

そちらに向かって抗議《こうぎ》の威圧をかるーく飛ばしていると、いつの間にか目の前のベヒーモスが拳を構えていた。

「後悔《こうかい》するなよ？」

「後悔？　特に後悔することを言った覚えもないんだが……」

「……いいだろう、死ねば後悔もできまい！」

一瞬にしてベヒーモスが俺に接近していた。

拳には雷と闇の魔法が纏わりついているのが見て取れる。

あれもこれまでの魔法と同様、素手《すで》で触れるのはまずそうだ。

ベヒーモスはかなりのスピードで拳を撃ち込んでくるが、俺は結界と硬化《こうか》のスキルを併用しながら、拳を弾いていく。

傍《はた》から見ればベヒーモスがかなり攻めているように見えるだろうが、俺は一歩も足を動かしておらず、まだまだ余裕だ。

「温いな」

「ぐおっ」

俺はベヒーモスの手首を掴み、背負《せお》い投げの要領《ようりょう》で地面へと叩きつける。

地面が放射状《ほうしゃじょう》にひび割れ、ベヒーモスの口から血が漏れる。

かなりのダメージが入ったはずだが、ベヒーモスはすぐに立ち上がり距離を取った。

そして拳では勝てないと悟ったのだろう、目の前の空間を歪ませたかと思うと、そこに腕を突っ込み、戦斧を引きずり出した。

黒刀紅桜のような特殊《とくしゅ》な能力はなさそうだが、かなりの魔力を秘めているようだ。

ベヒーモスは斧の握り心地を確かめるように数度振ると、再びこちらに向かって駆けてくる。

手に馴染《なじ》んだ武器を使っているためか、その動きは先ほどよりも軽《かろ》やかに感じる。

思っていた以上に素早い武器での攻撃を、俺はギリギリで避ける——が、次の瞬間、俺の頬が裂け、一筋《ひとすじ》の血が流れた。

ん？　今、完全に避けてたよな？

《はい。どうやら斧が振るわれる際、刃の周りに微弱《びじゃく》なかまいたちのようなものが発生しているようです》

疑問に思っていると、エリスが答えてくれた。

なるほど、ってことはあまりギリギリの避け方はしない方が良いか。

俺は愛刀を抜いて、魔力を流し込む。

そして上段に振るわれた斧を受け止めた。

体格差から、力で押し込めると思ったのだろう、ベヒーモスが体重をかけてくる。

しかしパワー自体は互角《ごかく》のようで、いくら力を入れても、俺の刀はびくともしなかった。

「力任せの戦いしかできないのか？」

「なにを！　ならば見せてやろう」

呆《あき》れたように挑発すると、ベヒーモスは俺から距離を取る。

そして脚部と斧に魔力を込めたかと思うと——その姿が掻き消えた。

俺の動体視力でも追いきれないだと⁉

正面《しょうめん》ではない……背後か！

俺は咄嗟に振り返り、振り下ろされた斧を刀で受け止める。

上手く衝撃を受け流せたが、体勢を崩されてしまう。

このまま魔法を使われたらまずいと判断した俺は、一度斧を受け流して距離を取る。

すかさず追撃してきたベヒーモスの斧が振るわれ、俺の体に直撃した。

「――消えた⁉」

しかし俺の姿はそのまま掻き消える。

そう、その姿は陽炎《かげろう》で生み出したものだ。

驚きの表情を浮かべるベヒーモスだったがそれも一瞬のことで、すぐに斧を構えて周囲を警戒する。

「やればできるじゃないか」

「ッ⁉　いつのま――ぐっ！」

俺はベヒーモスの背中に蹴りを入れる。

吹き飛ばされるベヒーモスだったが、空中で体勢を整え、手をつきながら地面を滑《すべ》っていく。

そうして完全に停止したタイミングで、俺はすかさずベヒーモスの眼前に移動し、その顎を蹴り上げた。

「ぐはっ！」

鮮血《せんけつ》が口から舞い、ベヒーモスはうつぶせに崩れ落ちた。

俺は錬成《れんせい》スキルで鎖《くさり》を生み出し、ベヒーモスを地面に拘束《こうそく》する。

そうだな……実力差を分からせることで反抗的な奴を服従《ふくじゅう》させるには、演出も大事だよな。

俺は這《は》いつくばるベヒーモスの目の前に、錬成で玉座《ぎょくざ》のような椅子《いす》を生み出し、そこに座った。

ベヒーモスは憎々《にくにく》しげにこちらを見上げる。

どうやらまだ敵意は消えていないようだな。

俺は威圧を発動しつつ、全身から真紅の魔力を溢れさせる。

「ま、まだこれほどの魔力があるというのか……」

どうやらようやく力の差に気付いたらしく、ベヒーモスは力なく呟く。

俺は淡々《たんたん》と告げる。

「平伏《へいふく》か、永遠の苦痛か。選べ」

「……くっ、そうか。カラミラースが貴様の配下になった理由がやっと分かった」

ゼロは何も答えない。ただ成《な》り行きを見守っているだけだ。

「ベヒーモス、選べ。二度も言わせるな」

俺の言葉に、ベヒーモスは頭を垂れる。

「わ、私をあなた様の配下にしてください。できれば新たな名を頂ければと」

「……ああ、これからよろしくな！」

こうしてベヒーモスとの契約《けいやく》が成立するのであった。

ベヒーモスが仲間になったところで、さっそく鎖を消し、回復魔法をかけてやる。

しかし当のベヒーモスはきょとんとしていた。

「……なぜ？」

「お前はもう俺の配下だ、回復してやっても変じゃないだろ。なんだ？　回復してほしくなかったのか？」

「い、いえ。そのようなことは」

起き上がり膝をついて恐縮《きょうしゅく》するベヒーモスに、俺は新しい名前と、召喚した目的を告げる。

「ベヒーモス。まずは新しい名を授けよう……新たな名はグラトニス、地暴獣グラトニスだ」

「ありがたき幸せ。このグラトニス、一生の忠誠を誓わせていただきます」

「ああ、期待している。それとお前を召喚した理由だが……このダンジョンのボスになって、ついでに管理をしてもらいたくてな。俺と念話での意思疎通《そつう》はできるだろ？」

「可能です。ですがダンジョンの管理、ですか？」

「ああ」

ゼロの話では、ダンジョンコアの設定を弄《いじ》ればボスの権限《けんげん》を与えることができる。

だからこいつをボスにしようと思うんだが……ちょっと強すぎるかな？

せっかくならダンジョン自体も弄れればいいんだが。

《ダンジョンコアを使えば可能です。膨大な魔力が必要になりますが、マスターやグラトニスなら問題ないでしょう》

悩んでいると、エリスが答えてくれた。

マジか！

それならせっかくだし、色々やってみるかな。

「そうだな……どうやらお前の魔力でもダンジョンを弄れるらしいから、階層を増やしたいんだ。まあ細かいことは任せるが……表向きは三十階層のままってことにして、それより下の階層を作っておいてくれないか？」

「分かりました」

まあ、細かいことは丸投げだ。

そのうち来てみて、どうなっているか楽しむってのもアリだろう。

さて、それじゃあ皆のところに戻るか。

「待たせたな」

「いえ、無事に配下にできたみたいで良かったです」

フィーネの言葉に頷きつつ、グラトニスに視線を向ける。

「改めて紹介しよう。配下になったグラトニスだ」

「グラトニスだ。よろしく頼む」

皆、さっきの戦いを見ていたせいかおそるおそるだが、挨拶《あいさつ》をしていく。

「さて、それじゃあゼロ。俺とグラトニスをダンジョンコアのところに案内してくれるか？」

「かしこまりました」

それからさくっと、ダンジョンコアに管理者としての登録を済ませる。

これで、グラトニスが自由にダンジョンを弄れるようになったわけだ。

皆のところに戻った俺は、声をかける。

「さあ、帰るか！」

とりあえずはペルディスに戻ってゆっくりするかな。

そう考えたところで、とあることに気付いた。

「あ、他の勇者たちにも色々伝えておかないと……そうだな、三十階層にはボスがいないから、二十九階層まで攻略したら一度グリセントに戻るように伝えておくか……天堂たちはどうする？」

「うーん、グリセントに戻っても何もないし、晴人君と一緒にいた方がレベルも上がりそうだし、ついていってもいいかな？」

「ああ、別に構わないぞ。そしたら、ちょっと皆のところを回ってくるから、待っててくれないか？」

俺はそう言って、ダンジョン内にいるクラスメイトたちのところを回り、伝言していく。

神眼《ゴッドアイ》の機能は残っているので、こういう時に誰がどこにいるのか分かってありがたいな。

あっという間に伝え終えた俺は、再び三十階層に戻って皆と合流する。

「お待たせ、それじゃあ入り口まで転移するぞ」

思い思いに休んでいた皆が俺の周りに集まってくる。

「じゃあなグラトニス。迷宮がどうなるか楽しみにしてるぞ、あとは頼んだ」

「お任せください」

俺は頭を下げるグラトニスに頷くと、転移を発動したのだった。

第7話　これからの方針

ダンジョンの入り口に戻ったところで、俺はマグロと馬車を亜空間から出す。

「さて、それじゃあ行くとするか。皆、準備を手伝ってくれるか?」

「いいけど……転移で直接ペルディスに行かなくてよかったのか?」

天堂が疑問に思ったのか、そう尋ねてきた。

「んー、まあそれでもよかったんだけどさ。特に急いでるわけではないし、ゆっくり旅しようかなって思ってさ」

「ははっ、たしかに。のんびりするのもいいかもね」

「だろ」

俺はマグロに餌《えさ》を与えて撫《な》でてやりながら笑う。

マグロが食事を終えたところで、俺たちは馬車に乗り込み、ペルディス王国の王都へ向かって出発した。

同行する人数は増えたが、俺の馬車には亜空間に繋がる扉が備え付けられているので、全く問題がない。

そんなわけで、まったりとした旅が始まるのだった。

ここからペルディスの王都までは、一週間と少し。

道中は他にやることもないので、ゆっくり行きながら皆の訓練だな。

俺も装備《そうび》の手入れや鍛錬《たんれん》を怠《おこた》らないように気を付けないと。

さて、問題はペルディスに着いた後だな。

帰還《きかん》用の魔法陣について調べることも必要だが、それだけをやるというわけにはいかない。

さて、何をしようか……

天堂たちに聞いてみると、ペルディスの騎士団や強い冒険者を探して鍛錬すると言っていた。

「今回の戦いで分かったけど、僕たちはまだまだ力が足りない。もっと強くならなくちゃ」

へえ、やる気は十分だな。

これなら近いうちに、魔王を倒せるくらい強くなってくれるんじゃないか？

「そうか、楽しみにしてるよ。一応、俺の屋敷は自由に使ってくれて構わないから、拠点《きょてん》にでもしてくれ」

「ありがとう、助かるよ」

あれだけ広い屋敷があったって、使わなければ意味がないからな。

うーん、となると別行動か。

流石にそれにつき合うのは、なんか違う気がするからな。

天堂たちが自分たちなりの方法で強くなろうとしているなら、邪魔はしない方が良いだろう。

そうだな……商会を作ってみる、なんてのも面白そうだな。

俺の作るポーションや武器、魔道具のクオリティは高い。

そして何より、元の世界のアイデアをもとにした商品を開発すれば、高く売れそうだ。

問題は人手だが……これは奴隷《どれい》を使えばいいだろう。

奴隷を使う、といっても悪い意味ではない。

俺は元々奴隷って制度にいいイメージはなかったんだけど、エフィルの時のように、不幸な運命にある者を買うことで、助けることができるのだ。

だから今回も同じように、不当な理由で奴隷になった者を買うことにしたい。

ちゃんと人間らしい待遇《たいぐう》で、賃金も支払い、給金が貯《た》まれば自分自身を買い上げられるようにしたいのだ。

本人の希望があった場合に従業員として残れるようにすれば、人員不足の心配もないだろう。

もちろん、犯罪奴隷を買うことはない。

そんな考えを、さっそく皆に話してみる。

「流石ハルトさんです、とてもいいアイデアだと思います！」

「はい。私のような境遇《きょうぐう》の者を救えるのは、素晴らしいと思います」

「そうだね、奴隷って聞いた時は一瞬引いたけど、いい案だと思うよ」

「うんうん！　商品開発も、私たちでよければ手伝うからね！」

フィーネ、エフィル、天堂、朝倉がそう言ってくれる。

他の面々も、同じ意見のようだ。

俺はホッと息をつく。

「ありがとう、賛同してもらえてよかったよ」

それから俺たちは、店のことについて話したり、訓練したり、まったりと旅を続け、予定通り一週間でペルディス王国に戻ってきた。


王都に着いた俺は、まず最初に国王のディランさんに会うために王城へと赴《おもむ》いた。

いったん屋敷に戻っても良かったんだが、グリセントで起きたことの改めての報告と、商会作りの相談をしたかったからな。

王城が近づいたところで馬車から降り、徒歩《とほ》で向かっていると、門番さんがアイリスと俺を見つけて声をかけてくれた。

「姫様にハルトさん、勇者様まで」

ちなみにこの門番、トマスさんとは顔見知りである。

何度も王城に顔を出すうちに、世間話をする程度に仲良くなった。

「トマスさん、今ディランさんはいる？」

「陛下なら、本日は城内にいるはずです」

「ありがとう、通っていいかな？」

「もちろんです、どうぞ」

そう言ってトマスさんは門を開けてくれる。

門を潜《くぐ》り抜けるとそこには、いつもの案内の兵士ではなく、ディランさんの執事《しつじ》であるゼバスチャンが待っていた。

「アイリス様にハルト様、お久しぶりでございます。こちらへどうぞ。陛下がお待ちです」

「……なんで俺たちが帰ってきてるって分かったんだ？」

「王都に入ったという報告がありましたので。その後、気配が近づいてきたのでお出迎《むか》えに上がった次第です」

……そうか。

彼の兄で、今は俺の屋敷で執事をしているセバスチャンは、レベル100近いかなりの実力者なんだけど……弟のゼバスもなかなかやるんだな。

ゼバスチャンの先導で歩き始め、すぐに客間に辿り着く。

「ゼバスです。アイリス様とハルト様、勇者様方をご案内いたしました」

「入れ」

ゼバスチャンが声をかけると、部屋の中からディランさんの声が返ってくる。

中には、ディランさんと、王妃であるアマリアさんがいた。

「久しいな。アイリスにハルト」

「ただいまパパ、ママ！」

「ああ、ディランさんもアマリアさんも元気そうで何よりだ」

簡単に挨拶を済ませた後、新しい仲間を紹介することにする。

「ディランさん、彼女は新しい仲間のクゼルだ」

クゼルは片膝をつき挨拶をする。

「グリセント王国副騎士団長をしておりました、クゼルと申します。現在は冒険者として、ハルトと共に行動をしております」

「そうか。話はハルトより聞いている。よろしく頼むぞ」

ディランさんは優《やさ》しくクゼルへとそう言葉をかけた。

「それと――」

俺の言葉に応じてゼロが一歩前に出た。

「私はナルガディア迷宮の支配者、『煉黒龍グラン・カラミラース』。主であるハルト様より新しく名を賜《たまわ》り、現在は『煉黒龍ゼロ・カラミラース』と名乗っている。よろしく頼む。人間の王よ」

流石はゼロ。

国王相手の自己紹介でも腕を組み、尊大《そんだい》な態度を崩さない。

……まあ、「よろしく頼む」と言っているあたり、気を遣《つか》ってはいるみたいだけど。

しかしディランさんはそれについて突っ込むでもなく、口をパクパクさせている。

「ハルト、煉黒龍グラン・カラミラースとは……」

「ん？　ディランさん、ゼロのこと知っているのか？」

「その名前は、神話に登場する龍のものだぞ！　神々をも恐れさせたドラゴンの始祖《しそ》で、原初の龍と呼ばれているはずだ。存在は確認できないものの天災級とされている……ナルガディア迷宮の最下層にドラゴンが眠っているという噂《うわさ》は聞いていたが、まさか煉黒龍グラン・カラミラースだとは！」

「へぇ、そうなのか――で、話は変わるんだが、俺、商会作るわ」

「そうか、分かった――って、話を逸らすな！　天災級の存在が目の前にいるんだぞ！」

ディランさんが泡《あわ》を食って叫ぶけど、そんなに慌てることだろうか。

「いや、別にもう、俺の配下だし」

「そうね。ベヒーモスも召喚して配下になってるものね」

俺の言葉に続いてアイリスがあっけらかんというと、ディランさんはますます目を丸くする。

「……え？　ベヒーモス？　アイリスよ、あの伝承《でんしょう》やおとぎ話に登場する？」

「うん！　凄いよね！　流石ハルトよ！」

「あ、うん。凄いね」

ディランさんはどう反応すればいいのか分からなくなってしまったのか、そんな言葉を返す。

一方のアマリアさんは、「あらあらまああ」と笑みを崩さず動じた様子はない。ある意味この中で一番凄い人なのかもしれない。

しばらく呆然としていたディランさんだったが、切り替えるように頭を振って俺を見つめる。

「ゴホンッ！　それで？　商会を作りたいだって？」

「金はあるっちゃあるんだが、純粋《じゅんすい》に面白そうだと思ってな」

「なるほど……今日来た理由はそれか？」

「ああ。帰ってきた報告と、商会設立に必要なものを聞きに来たんだ」

俺の答えに、ディランさんは真剣な表情になる。

「そうか。具体的にどの程度決まっているんだ？」

「そうだな……売るものはなんとなく決めている。従業員は奴隷を使う予定で、場所は全く目途《めど》が立っていないから、紹介してほしい。あと、商会設立に許可がいるならそれもだな」

ディランさんは顎に手をやり尋ねてくる。

「ふむ、奴隷か……どう扱うつもりだ？」

「適正な給料を出し、給料が貯まれば自分を買い上げられるようにする予定だ。もちろん、希望すればそのまま従業員として雇《やと》うようにする……不当な理由で奴隷になった者もいるだろうから、そいつらを救う一助になればと思っているんだ」

アマリアさんが「なかなか良いじゃないの」と言って賛同してる横で、ディランさんは考え込んでいる。

「そうか……ハルトのことだ、犯罪奴隷を買うことはないだろうな。分かった、商会の設立を許可しよう。場所の希望は？」

「そうだな……商品は一般人向けのものがあるから、貴族街は避けたい。とはいえ貴族向けの商品も売りたいから、貴族も一般人も来やすい土地がいいな」

「分かった、その条件で探そう。金額などは決めているか？」

「いや、金額は任せるよ」

ディランさんは一つ頷くと、ゼバスチャンに目配《めくば》せする。

「分かりました。では早急に取り掛からせていただきます」

それだけで察したゼバスチャンは、一礼をして部屋を出て行った。

「あとは商会の登録だな。それはこちらでやっておくが、代表者はハルトでいいのだな？」

「今はそれでいいよ」

「今は？」

不思議そうな表情を浮かべるディランさん。

「ああ。もしかしたら別の奴を代表にするかもしれないからな」

「分かった。最後に、商会の名前は？」

「名前……決めてなかったわ。どうするかな」

うーん、ここでも名付けか……

そんな俺の反応を見て、ディランさんがノリノリで食いついてくる。

「ふむ、今日の公務は終わっていて、あとはプライベートな時間。私も考えてやろう」

「助かる……それじゃあ、一人一つ、候補《こうほ》となる商会名を出してくれるか？」

その場にいる皆で、商会の名前を考えていく。

「ペルディス商会というのはどうだ？」

ディランさんが候補を挙げるが……

「その名前だと、他国に出店しづらくないか？　あと、国が運営してる商会だと思われそうだ」

そう却下《きゃっか》すると、アマリアさんが良いことを思いついた！　と言わんばかりに手を叩く。

「なら、ハルト商会なんてどうでしょう？」

「……それはちょっと恥《は》ずかしいから却下ですね」

自分の名前が商会になっているのは普通に恥ずかしい。ユウキ商会とかならありかもしれないが……いや、やっぱり却下だ。

それから色々な候補となる名前が挙がってくるが、これだ！　という名前はなかった。

こういうのって、一度思考の渦《うず》にハマると抜け出せないんだよな……

商会、商店、商業、商売……

あっ、良いの思いついた！

「……アシュタロテ商会なんてのはどうだ？」

「アシュタロテ……って、なんだっけ？　どこかの神様とか？」

俺の言葉に朝倉が反応する。

「ああ、たしかそうだ。どこの何の神様だとか覚えてないけど、響きが良いと思ってな」

その適当な理由を聞いて、天堂が苦笑する。

「晴人君らしいね。でも、いいんじゃないかな？」

「俺らしいってのは気になるけど、誉《ほ》め言葉と思っておくよ……それで、皆はどう思う？」

俺が尋ねると、皆が頷いてくれた。

「いいじゃない！」

「そうですね。いい名前だと思います！」

アイリスにフィーネ、他の皆も同じようで、口々に同意を示した。

「なら決定だな……ディランさん、どれくらいで土地は見つかりそうかな。明日にでも奴隷商に行こうと思ってるんだけど」

「そうだな……だいたい三日後になると思う」

「分かった、それじゃあ頼むよ」

それから、グリセントでの顛末《てんまつ》や他愛ない話をしているうちに、日が完全に暮《く》れていることに気付いた。

流石に一度屋敷に戻らないと、ということで、ディランさんとアマリアさんにお礼を言いつつ、王城を後にしたのだった。

久しぶりの屋敷は、以前と変わったところはなかった……いや、全体的に綺麗になっているか？

「ただいま」

「「おかえりなさいませ、ハルト様」」

俺が玄関の扉を開いて中に入ると、執事のセバスチャンにメイドのライラとミアが出迎えてくれた。

「久しぶりだな、セバスチャン。王城に行ったら弟さんも元気だったぞ。それにライラとミアも久しぶり。三人とも、俺がいない間屋敷の管理をしてくれてありがとう。助かった」

「もったいないお言葉です」

三人とも恭《うやうや》しく頭を下げて謙遜《けんそん》するが、この広さの屋敷を綺麗に保つのは大変だったはずだ。

「そうだ、三人に、新しく入ったメンバーを紹介するよ」

俺はクゼルとゼロに、前に出るよう促す。

「グリセント王国元副騎士団長のクゼルだ。今は冒険者をやっている。よろしく頼む」

セバスたちは、グリセントという言葉にわずかに反応するが、すぐに頭を下げる。

「主の配下になったゼロだ。よろしく頼む」

そしてゼロが挨拶すると、一瞬ギクリと固まったが、すぐに平静に戻って頭を下げていた。

うん、やっぱりこの三人くらいの実力者になれば、ゼロの強さに気がつくよな……

まあ、ゼロのことは夕食時にでも説明すれば良いだろう。

そんなわけで、荷物を整理してから夕食となる。

出発してからこれまでのことを話したり、セバスたちがゼロの正体《しょうたい》を知った時の反応を楽しんだりしながら、夕食も終えたところで、セバスチャンに商会を作ることを説明する。

「——こんな感じで考えてるんだ」

「ほほう、面白そうですね。ですが従業員の宿舎はどうするのですか?」

セバスチャンが聞いてくる。

「最初は人数が少ないからここでもいいんだが、多くなると部屋が足りない。そこは早めに確保しておくのが得策《とくさく》だな」

「分かりました。宿舎の候補を探しておきます」

「助かるよ」

経営に余裕ができたら、クラスメイトたちの育成のために使ってもいいだろう。

今頃はナルガディア迷宮を踏破した頃だろうか。

魔王を倒すくらいに強くなってくれればいいんだが……

そんな話をするうちに、夜は更《ふ》けていくのだった。

第8話　商会設立

——それから二週間後。

買い物から戻った俺が玄関の扉を開けると……

「「「おかえりなさいませ。ご主人様」」」

二十人以上の使用人が、廊下《ろうか》の両側に並び頭を下げ、俺を出迎えてくれた。

この二週間で雇ったのは、メイド十五名に執事が五名。全員が十代か二十代だ。

彼らは俺が奴隷商で選んだ者たちで、使用人としても、従業員としても優秀《ゆうしゅう》そうな人材を集めた。

「いつもありがとう、これからも頑張《がんば》ってくれ」

そう伝えると、使用人たちは一斉に頭を上げ、一番手前の一人の女性が口を開く。

「もったいなきお言葉です。ご主人様のため、より一層修練《しゅうれん》したいと思います！」

使用人全員が顔を綻《ほころ》ばせ、一斉に礼を述べる。

「頑張るのもほどほどにしてくれよ」

俺は彼らの身を案じ、体に気を付けるようにと言うのだが……

「何を仰《おっしゃ》いますか！　私たち、この身のすべては、ご主人様であるハルト様に一生捧《ささ》げると誓わせていただきました。今さら何を！」

「俺なんかのために一生なんて捧げなくていい。皆、これからのことを考えてくれ」

なぜメイドたちがここまで俺に忠誠を誓っているかというと、それは今から二週間前――この屋敷に戻ってきた翌日に遡る。

俺は奴隷を買うために、エフィルと出会うきっかけになった奴隷商、ブビィの店に向かうことにした。

同行するのは、フィーネとクゼル。

エフィル、アイリス、アーシャと天堂たち勇者五人は、奴隷商に行きたくないということで留守番《るすばん》だ。

馬車を店の裏に停めて店に入ると、さっそく店員らしき男が近づいてきた。

「いらっしゃいませ。今回はどのような用件でお越しでしょうか？　そちらのお二方でしたら、高値《たかね》で――」

男は嫌みのない笑みを浮かべつつ、しかし下卑《げび》た視線をフィーネとクゼルに向ける。

フィーネとクゼルが眉《まゆ》をひそめるのと同時、俺は男に軽い威圧を向けた。

「おい、俺の仲間に何を言おうとした？」

まさか売りに来たとでも思っているのだろうか。

俺の鋭い視線に、男は「ひぃぃっ」と小さな悲鳴を上げる。

しかしすぐに、取り繕《つくろ》うように口を開いた。

「も、申し訳ございません！　ですがそのようなつもりでは――」

「だったらどんなつもりだったんだ？　いいから早く店主を連れて来い」

用があるのはこいつではなくブビィだ。

余計なことをまた言い始める前に、ブビィを呼ぶように言う。

男は逃げるようにバタバタと、店の奥へ走っていく。

そして待つことしばし、ブビィがブツブツと呟きながら奥の部屋から出てくる。

「まったく。誰だ厄介事を持ち込んできたとかいう輩《やから》は……って、ハルト様！　これはこれは、お久しぶりです」

「久しぶりだな、ブビィ」

どのような説明を受けたのか、愚痴《ぐち》を零《こぼ》しながら出てきたブビィだったが、俺を見るなりその態度が急変した。

「今回はどのようなご用件で？」

「こ、こいつですよ！　私を脅《おど》して――」

「お前は黙《だま》れ！　この方を誰だと思ってるんだ！」

店員はブビィに訴《うった》えかけるが、一蹴《いっしゅう》される。

「え、えっと誰って……」

「この方は、ＥＸランク冒険者のハルト様だ！　そんなことも知らないのか！」

「い、ＥＸランク⁉　こんなガキがですか⁉」

ガキとは随分な言い草だな。

「そういえばお前、さっき俺の仲間を値踏《ねぶ》みしてたよな？」

「ね、値踏みなんて……そ、そのようなことは……」

ブビィは俺の発言に目を丸くすると、店員の方に向き直って真《ま》っ赤《か》な顔で叫んだ。

「大事なお客様相手に何をしてる！　もしお客様が離れてしまったら、お前は責任を取れるのか⁉　お前はもうクビだ！」

「そ、それだけは‼」

「出ていけ！　私の前に二度と顔を出すんじゃない‼」

「そんな⁉」

「誰かコイツを連れ出せ！　もうクビだ！　二度と店に入れるな！」

ブビィは別の者を呼び、店員……もとい元店員を店から出させた。

助けてくれと言わんばかりに俺を見ていたが、まさか助けるわけがない。

人の大切な仲間や婚約者《こんやくしゃ》を値踏みしたのだ。さらに酷《ひど》いことを言っていたら、あいつはこの世にいなかっただろうな。

何はともあれ、フィーネとクゼルもスッキリした顔をしていたので何よりである。

ブビィは俺へと向き直ると、腰を低く尋ねてくる。

「ハルト様。今回はどのようなご用件で？」

「ああ。店を始めることにしたから、その従業員となる人手を探していてな」

「左様ですか。してその店とは？」

店と聞いて反応を示すブビィ。

「まあ、簡単に言えばなんでも屋だ」

「……なるほど。商品については、後で尋ねてもよろしいでしょうか？」

「ああ、構わないよ」

「ありがとうございます。でしたら、今回お探しなのは販売技術に長《た》けた者でしょうか？」

「そのつもりだ。ああ、今回も体の欠損《けっそん》の有無は気にせずに見せてくれ」

一瞬不思議そうな顔をするが、前回も同じ条件で見せるよう言ったのを思い出したのか、納得したように頷く。

それから応接室に案内してもらい、落ち着いたところでブビィが尋ねてきた。

「……お聞きしたいのですが、以前購入された者はいかがなさいましたか？」

そして当然の疑問が飛んできた。

うーん、ちょっと迷うが……まあ教えてもいいか。

「聞きたいか？」

「是非《ぜひ》とも！」

「あのエルフの怪我《けが》は、俺がすべて治した」

「……すべて？　ま、まさか⁉」

ブビィは信じられないと言いたげに目を見開く。

いい反応をしてくれるな、まったく。

俺は笑みを深めた。

「そのまさかさ」

「ですがそれは、伝説のエリクサーでもなければ……」

「おいおい、俺を誰だと思ってるんだ？」

ブビィは俺の顔を見る。

「……たしかに、ＥＸランク冒険者ともなれば、私には想像のつかない手段があるのでしょうね。ちなみに、その方法というのを教えていただけたりは……」

そうだな……誰彼構わず教えていたら、色々面倒なことになりそうだけど……ブビィはこう見えて、行き場のない、商品にならないような不幸な奴隷たちの面倒をしっかり見ているいい奴だ。信頼してもいいだろう。

「もちろんだ。他の奴には内緒にしてくれよ」

「それはもちろんですとも！」

そういえば、なんでこいつは奴隷商なんかやってるんだろうか。普通の商人としても成功しそうな人格者だと俺は思うんだが……

ふと疑問に思ったので、そのことを聞いてみる。

「なぜ奴隷商を……ですか？　そうですね、奴隷は高く売れるから、でしょうか。実は私は、別の商会で馬や家なんかも売っておりまして、この奴隷商もその中で大きな売り上げのある事業の一つなんですよ……まぁ、不幸な環境《かんきょう》にいる者たちをほうっておけない、というのもありますがね」

最初は悪ぶった口調《くちょう》だったブビィだが、最後の言葉こそが本心だろう。

驕《おご》らない人格に、商売の才能……欲しい人材だな。

「なあ、ブビィ。良かったら、俺の店を手伝う気はないか？」

俺がそう勧誘すると、ブビィは少し考える素振《そぶ》りを見せる。

「私でお力になれるでしょうか？　商品次第では大した手伝いもできないと思いますが……」

うーん、やっぱり与えている情報が少ないから食いつかないか。

俺は周囲に他の従業員がいないことを確認してから言葉を続ける。

「……ここだけの話だが、俺たちしか知らない道具や品質の高いポーションも作る予定だ」

「……ハルト様たちしか知らない？」

「ここから先は、契約魔法で他言無用《たごんむよう》を誓ってもらわないと教えられないな」

契約魔法とは、互いに承諾した条件で契約を結び、違反《いはん》時にはペナルティを与えることができる魔法だ。

ブビィは少し考え込んだが、すぐに承諾してくれた。

「……分かりました、乗りましょう！」

「よし、それじゃあ契約魔法を使うぞ」

俺はさっそく、ブビィに魔法をかける。

内容は、これから商品について話す際に得られる情報――つまり俺の身の上話を俺の仲間以外には話せなくなる、というものだ。

魔法をかけ終えると、その内容が頭に浮かぶようになっているのだが、そのせいかブビィが驚きの表情を浮かべる。

「ハルト様の身の上話……ですか？」

「ああ、まぁ、気を張らず聞いてくれ」

念のため、俺は部屋に防音の結界を施《ほどこ》して、音が漏れないようにしてから話し始める。

まぁ全てを話すと面倒なので、勇者と一緒に召喚されたが勇者ではなかったこと、元の世界にあったアイデアや技術を使って商品を開発していこうとしていることを伝える。

「……なるほど、それは期待できそうですね。分かりました。ハルト様が設立する商会に入りましょう」

随分あっさり頷いたな。

「誘っておいてなんだが、いいのか？　この店や他の商売はどうするんだ？」

「心配はありません。どんな時でも対応できるように、弟子《でし》を育ててありますから」

なるほど、それなら大丈夫か。

「分かった、ありがとう。そうだな……こちらへの合流はいつにする？　一応、あと一ヶ月くらいで開店する予定なんだが」

「そうですね……それでは　三週間後でいかがでしょうか。この店の引継《ひきつ》ぎもありますので」

「ああ、問題ない。それじゃあ三週間後から、よろしく頼むよ」

俺が手を差し出すと、ブビィはしっかり握り返してくる。

「こちらこそよろしくお願いします」

「こちらこそ。お前の働きを期待している」

そんな俺たちの後ろで、フィーネがぽつりと呟く。

「……ハルトさん。本来の目的忘れていませんよね？」

……あ。


それから俺はブビィに紹介された奴隷のステータスをチェックしていった。

流石はブビィ、俺が欲しい人材がしっかりと選ばれていたので、購入していく。

しかしまだ数人なので、商会にいる奴隷一人一人、ステータスを確認することにする。

途中、酷く怯《おび》えた様子の、十歳くらいの娘を連れた夫婦を見つけた。

欠損などの怪我はないが、全身に傷がある。

鑑定してみれば、父親がベナーク、母親がハトラ、娘はヘイナという名前で、特に貴族だとかではないらしい。

「彼らは？　何があった？」

「それが……前の奴隷商のところで、憂《う》さ晴らしのために暴行されていたようでして……」

なるほど、それを見かねて買い取ったってところか。

「読み書きや計算とかはできるのか？」

「娘の方がまだみたいで」

ふむ。それなら教育していけばなんとかなるかな？

「……ならこの三人も買おうか」

「ありがとうございます！」

目の前で自分たちが買われることが決定し、三人は目を丸くしている。

俺は床に座っている三人の前まで行くとしゃがみ込み、同じ目線の高さで話しかける。

「初めまして。今回三人を買うことにした、冒険者のハルトだ」

それを聞いて、夫婦はビクッとした。

冒険者というワードから、囮《おとり》に使われるとでも思ったのだろうか。

「安心してくれ。酷い扱いは絶対しない。約束しよう」

俺の言葉に、夫婦はホッとした表情をする。

「よし、次だな」

そうして次々に見ていき、俺は最後に残った部屋に入る。

ここは欠損のひどい奴隷を集めた部屋なので、騎士団だったクゼルはともかく、フィーネには刺激が強いだろう。ということで、入るのは俺とブビィだけで、ここまでに購入を決めた親子や他の奴隷たち、計十三人と一緒に、別の部屋で待機してもらっている。

部屋を見る限り、前回来た時から、それなりに入れ替わりがあったようだが……

「ブビィ、仮に俺が全部欠損を治してやると言ったらどうする？」

「そんなことが……ハルト様ならできるのでしょうね」

「ああ、治療費《ちりょう》は貰うがな」

ブビィはしばし考え込む。

「……そうしたいのは山々ですが、治していただいた後に売れるとしても、採算《さいさん》が取れるとは考えづらいですね……ここの皆には申し訳ないですが、遠慮《えんりょ》いたします」

「そうか、分かったよ」

まぁ、あくまでも思いつきだし、強要するようなことでもないだろう。

それから改めて室内を見ていき、結果、七人を買うことにした。

皆、礼儀《れいぎ》作法や戦闘スキルを持つか、接客の経験がある者たちだ。

彼らは全員が、冤罪《えんざい》や悪徳商人に嵌《は》められて奴隷落ちし、他国で奴隷剣闘に参加させられたり虐待《ぎゃくたい》を受けたりしていたという。

この部屋にいるくらいなので、体に欠損があったり衰弱《すいじゃく》していたりするが、ブビィに手伝ってもらいつつ、丁寧に馬車へと運ぶ。

それから、流石に乗り切らないので馬車を一台借りて、俺たちは屋敷へと戻ることにした。

「ブビィ、世話になったな。また改めて連絡するが、これからもよろしく頼む」

「ハルト様、いえ旦那《だんな》！　分かりました！」

旦那、か。ブビィに言われるのは悪くはないな。

ぺこぺこと頭を下げるブビィを背に、俺たちは奴隷商を後にしたのだった。


屋敷に到着した俺は、セバスとライラ、ミアを呼ぶ。

「すまない。欠損している者をベッドまで運《はこ》んでくれるか？」

三人が奴隷たちを運んでいると、俺が帰ったことに気がついて天堂がやってきた。

「おかえり……随分と沢山連れて帰ってきたね」

天堂が驚いてそう言ってきた。

たしかに、欠損などがなかった連中だけでも十三人もいるからな。

「まあ、この屋敷のこともそうだし、商会の方はいくら人手があっても困らないからな」

「それはそうだけどさ」

と、俺はそこで十三人の方に振り返る。

「それじゃあ簡単に仕事の説明を……と言いたいところだけど、お前たちとは別で購入した奴らもいるから、そいつらと一緒に後でまとめて説明させてくれ。それまでは……そうだな、食堂があるから、そこで休んでいてくれるか？　天堂、連れて行ってやってくれ」

天堂は素直に頷くと、奴隷たちを連れて行ってくれる。

さて、それじゃあ七人の方に行くか。

俺はセバスたちが奴隷たちを運んだ部屋に移動して、七人の様子を見る。

「まずは簡単な怪我や体力だけ回復させて、と……」

俺は欠損が治らない程度に、奴隷たちを回復させる。

ブビィから事情を聞いてはいるが、もしかしたら情報を偽《いつわ》っている者もいるかもしれないし、何より欠損の回復を望まない者もいるかもしれないからな。

俺が回復魔法をかけると、七人はすぐに目を覚《さ》ました。

「……ここは……？」

目を覚ました七人に、簡単に事情を説明した後、セバスに他の奴隷たちを呼ぶように伝える。

自分の状況に目を白黒させていた七人がようやく落ち着いてきた頃、奴隷たちがぞろぞろと部屋に入ってきた。

そこで俺は改めて、自己紹介をする。

「俺の名前はハルトだ。この屋敷の使用人、あるいはこれから設立する商会の従業員になってもらうため、お前たちを購入した」

俺の言葉に奴隷たちはざわつく。

そんな中、未だベッドの上にいる一人の女が、残っている右腕を上げた。

「ハルト様、怪我を治していただいたことには感謝しております。しかしこのような、左腕も右足もない体で、使用人や従業員として働くというのは……」

「できる。俺にはその欠損を治すことができるからな」

俺の言葉に、奴隷たち全員が目を丸くした。

「使用人でも従業員でも、俺の下で働いてくれるなら少ないが給金は出すし、金が貯まったら自分を買い戻すことも可能だ」

それを聞いて、目を輝かせる者が数人。

俺は言葉を続けた。

「それから、そっちのベッドの上の七人。お前たちは罪を擦《なす》り付けられ、あるいは騙《だま》されて、奴隷に落ちた……そうだな？」

反応を見る限り、やはり情報に誤《あやま》りはないようだ。

「だが、どうしてそうなったと思う？　どうして罪を否定しなかった？」

俺の問いに、さっきの女が悔《くや》しそうに答える。

「……力がなかったからだ」

その隣《となり》のベッドの女も、続けて口を開いた。

「その通りです。強大な力を前にして抵抗もせず、当たり前のように受け入れてしまいました。その後に地獄《じごく》があることなんて考えもせず、抵抗をやめてしまった……こうして生きているのも奇跡《きせき》に思えます」

その言葉に、全員が俯《うつむ》いた。

俺はそんな奴隷たちを見回して言う。

「そうだな、諦めてはいけなかった。必死で抵抗するべきだった。力がなくても、強い意志を持つべきだった――だが、そう言うのは簡単でも、現実はそう優しくない。抵抗したって結果は変わらなかった可能性が高いし、結局は力がないと何もできない。その力は、物理的な戦闘力でも知識でも、何だっていい。自分の武器になる何かのことだ。戦うためには、強い意志を持ち、同時に力をつけないといけないんだ」

俺はそこで言葉を区切り、一呼吸おいてから続ける。

「なら――力が欲しいか？」

部屋の入り口近くにいた天堂が、「その台詞《せりふ》言うのか⁉」とでも言いたげな顔をしているがスルーである。

だって実際に力をあげられるわけだし……

だよねエリス？

《可能です。魔力を流し、その扱い方を覚えさせれば、潜在的《せんざいてき》に所持するスキルが発現します》

そう、この方法で力を与え、戦闘面でも戦力になる使用人や従業員を育てようと思っているのだ。

やがて自由になった後も、自分の力で生きていけるようにしてやりたい。もちろん、傲《ごう》

慢《まん》にならないようにしっかり教育するつもりだ。

そんなことを考えている俺を、奴隷たちはじっと見つめている。

そして、さっきの女が口を開いた。

「傷を治し、力を与える……そんなことができるの、ですか？」

「できる」

「なら、力が欲しいです。お願いします！」

「分かった。他の奴らもか？」

俺が視線を向けると、ブビィの紹介で購入したうちの一人が口を開いた。

たしか彼女も、嵌められて奴隷に落ちたんだったか。

「私もお願いします。もう二度と、あんな悔しい思いはしたくない」

その言葉に同意するように、全員が力強く頷いた。

それから俺は、まずは欠損のある七人を完全に治してやってから、全員に魔力を流し、その扱い方を教え込んだ。

奴隷たちは欠損が治っていく時も驚いていたが、俺に魔力を流された時にはさらに驚いていて、しかもスキルが開花したのを確認すると、言葉すら出ない様子だった。

まぁ、魔力を与えた俺としても、思っていた以上に強力なスキルや魔法を覚えた者が多くてびっくりしたんだが。

一通り、力を与え終えたところで、改めて今後の説明をしようとする。

「さて、それじゃあ今後の仕事と割り振り、それからやってもらいたいことを――」

俺が本題を口にしようと皆を見ると、二十人全員が、膝をついて頭を垂れていた。

いや、そこまで堅苦《かたくる》しくしなくていいんだけど……？

「まあなんだその、楽にして聞いてくれ」

俺がそう言うと、一人が口を開く。

「いえ。そんなわけにはいきません」

いや、俺がいいって言ってるんだけど？

「この命尽きるまで、一生あなた様にこの命と忠誠を。神のような奇跡を起こし、救ってくださったご主人様に、私たちができることは、これくらいしかありませんので」

それを見ていたセバスたちは、満足げに頷いている。

え？　そこまでか？

なんて思っていると、表情からそれを読み取ったのか、フィーネがジト目を向けてくる。

「ハルトさん。それ、ちょっとじゃないですからね？　私たちの全魔力を使っても、そんなことできませんよ？」

「アッハイ……」

そ、そういうものなのか……

まあ、悪気はもちろんないだろうから、このままでいいか……

「分かった、その思いは受け取るよ。だけど客人とかがいる時はよしてくれよ？」

「「はい！」」

「ならそれでいいよ」

いや、ほんとはあんまりよくないけどね。

――というわけで、使用人が増えたのである。

忠誠を誓ってもらえたのは良いことだけど……ちょっと重いんだよな。

俺は小さくため息をついて、近くにいたセバスたちに声をかける。

「ただいま。セバスチャンにライラ、ミア。教育の方はどうだ？」

「はい。順調でございます。ハルト様が選んだだけあり、教えることを次々と吸収していきます。全ての教育が終わるには、まだ少し時間がかかりそうですが」

「そうか、ありがとう。どれくらいかかりそうだ？」

セバスチャンに問いかけると、彼に視線を向けられたライラが言葉を引き継ぐ。

「私から説明いたします。まず現在の状況を申し上げると、基礎教育の進行状況が七割程度です」

「早いな」

「ハルト様が選んだ人材ですよ？」

「……そうだったな」

「はい。基礎の次は、経営などに関する教育があります。教育終了までは、早くてもあと二週間はかかるかと」

うーん、長いような短いような。かなりのハイペースであることは間違いないけどな。

「なるほど。それじゃあ、それまでに商会立ち上げの準備を終えておくようにしよう」

「はい。そちらの方も、ハルト様の不在時に陛下からご連絡があり、一通りの準備は整ったため今日から下見ができるとのことでした」

「もうできたのか。流石、仕事が早いな」

前回の話し合いの後、無事に店を開く場所が決まり、従業員の宿舎や商品を製造するための土地も融通《ゆうずう》してもらえることになった。

さっそく下見に行くことにしようかな。

「それじゃあ、俺は庭で天堂たちの鍛錬を見てから、店の予定地とブビィのところに顔を出してくるよ。あとは頼んだ」

「分かりました」

頭を下げるセバスを背に、俺は裏庭へと向かうのだった。

第9話　また新しい奴隷

裏庭に着くと、天堂たち勇者五人と、フィーネ、クゼル、アイリスが休憩しているところだった。

エフィルとアーシャは本来屋敷の使用人だから、鍛錬には参加せずに皆のサポートをしているようだ。

「天堂、お疲れ様。今のうちに確認しておきたいんだが、これからどうする予定なんだ？」

結局天堂たちはこの二週間、俺の屋敷で鍛錬していた。

「そうだね……王城の騎士たちに鍛えてもらうよう、そろそろお願いしに行こうと思ってるんだけど……」

「そうか。それだったら後で王城に行くか。今日はこれから店の下見だから、その後でもいいか？」

「ありがとう、助かるよ……それと、もしよかったら、手合わせしてもらっていいかな？迷宮でどれだけ強くなったか試《ため》したくて！」

なるほど、それは俺も気になるな。

見回してみれば、勇者組だけでなく、フィーネたちも目を輝かせていた。

「分かったよ。それじゃあ今日は、店の下見をしてから、ブビィのところに一度顔を出して、それから王城って感じで動くか。手合わせはまた後日な」

俺がそう言うと、一人を除いて賛同した。

……その一人というのは、エフィルだ。

「どうした、エフィル？」

「その……私はここに残ってもいいですか？　まだちょっと、あの店に入るのは怖いので……」

なるほど、それも仕方がないか。

「分かったよ」

「ありがとう。では行ってらっしゃい」

「ああ、行ってきます」

俺はフィーネや天堂たちと共に、下見へと向かうことにする。

馬車を走らせている最中、ふと気になったことがあった。

「そういえば天堂たち、ブビィの店に行くのに何も言わなかったけど、大丈夫なのか？」

こいつらはこの前の奴隷購入の時、奴隷制度そのものが受け入れられず、同行しなかったのだ。

「……ああ、大丈夫だよ」

「そうか、理由を聞いてもいいか？」

俺が尋ねると、天堂は自分の中の言葉を探すように、ゆっくりと答えてくれる。

「やっぱりこの目でしっかりと見なくちゃダメだと思うんだ。この世界はこの世界だし、受け入れないと。それに、今回みたいに奴隷を買うのが助けになることもあるって分かったからね」

最上も頷き口を開く。

「そうだな。奴隷がどんな扱いを受けているか、勇者ならこの目で見なくちゃいけないと思うんだ」

次に東雲が続ける。

「目を逸らしちゃダメ。この世界での人の命が軽いのは、嫌というほど味わった。それでもまだ、私たちは殺すことを躊躇《ためら》うと思う」

その言葉に天堂たちは俯く。

東雲の言う通り、この世界において人の命は軽い。

俺は殺されかけたことでそれを学んだ。だから俺も、殺意や敵意を向けてくる相手は殺すと覚悟を決めた。

朝倉が口を開く。

「だって私たちは勇者だもん。助かる命を目の前で見捨てることになるのは嫌なの！」

朝倉は明るい性格で、地球でも誰かが傷ついているのを黙って見ていられないタイプだった。そんな彼女だからこそ、助けたいという気持ちは人一倍強いのだろう。

鈴乃が俺を見る。

「私はね、人を殺すのに躊躇わない晴人君を見るのは辛いよ。でも、ちゃんと理由があって、それを話してくれた。エフィルちゃんを奴隷として買ったって聞いた時も凄く驚いたけど、ちゃんと理由があった」

たしかにエフィルの話をした時は、五人とも驚いてたっけ。

「そして晴人君は、最後までエフィルちゃんを助けてあげてた。もし私たちがエフィルちゃんと先に会っていても、助けてあげられなかったと思う……それでも、私たちの力でできることはやりたいの。そのためにも、ちゃんと全部受け入れないとって思ったんだ。私たちの常識をこの世界に押し付けるのも違うと思うしね」

この世界の在《あ》り方を変えるのは、ほぼ不可能だろう。

それでも、少しでも多くの人を助けたいって思うのは、いかにも勇者らしい考え方だ。

そしてそのために、いろんなことを受け入れる覚悟ができたんだろう。

そんなことを話しているうちに、アシュタロテ商会の予定地に着いた。

まだ作業をしている職人もいたが、俺の顔を知っていたようで通してくれる。

おそらく以前は、どこかの大商会が入っていたのだろう、外観《がいかん》は立派だ。

建物自体もけっこう大きい……というかかなり大きい。少し大きすぎじゃね？　と思うほどである。フィーネたちも同じ感想みたいだな。

外ばかり見てもしょうがないので、さっそく入っていく。

一応、店頭販売に立てるようになっていて、扉をくぐると商品が並ぶゾーンになる。

そして簡単な仕切りがあって、奥にも販売スペースがあるようだ。こっちのスペースは、高級品を置いたり商談スペースにしたりできそうだな。

シンプルな内装のおかげか、実際以上に広く感じる。

「けっこうな広さがありますね」

フィーネが周囲を見渡しながらそう呟いた。

「そうだな。最初はそんなに商品もないから、スペース全部を使うことはないだろうけど……まあディランさんが用意してくれたんだ。見合うだけの大きな店にしないとな」

各々《おのおの》が中を見て回っていると、クゼルが声を上げる。

「ハルト、下に続く階段があるぞ？」

「下に？」

クゼルの元へ向かうと、そこには言葉の通り下に続く階段があった。

中は薄暗いが、灯《あか》りの魔道具があったのでそれを起動していく。

下りてみると、部屋がいくつかあるようだった。

これは……

「多分だが商品の製作場所にしたり、倉庫にしたりできるんじゃないかな」

上にも倉庫にできそうな部屋があったが、地下も使えるならありがたい。

一通り設備を確認してから上階に戻り、裏庭に出る。

こちらもそれなりに広く、隅《すみ》の方には小さな煙突《えんとつ》の付いた小屋があった。

「なんだ？　倉庫か？」

近づいてみると、その正体が分かった。

「鍛冶場《かじば》……か？」

俺の疑問にアイリスが答えた。

「ハルトが自分で武器を作るってパパも知ってるから、鍛冶場付きの物件を探したんじゃない？」

「なるほどな。ここで作れと……だけどな」

俺が武器を作るにはスキルを使うので、鍛冶場自体は必要ない。

まあ、ここで作っている風に見せるカモフラージュにはなるか。

現在武器や防具を作れるのは俺しかいないけど、俺がいない間に職人がここで武器を作って売るようにしてもいいかもしれないな。

となると職人が必要だが……やっぱりドワーフかな？　グリセントを越えた先にドワーフの国があるって聞いたし、そこで探すかなぁ……

「武器もだけど、ポーションの方も職人を探さないといけないか」

そんなこと考えながら、内装を確認し、どこに何を置くかをだいたい決めた俺たちは、ブビィの奴隷店へと向かった。


「ハルト、いつ開店するの？」

馬車の中、アイリスがそんなことを聞いてきた。

「そうだな。早く開店したいがまだ準備段階だからな。ブビィがあと一週間くらいで合流するから、内装を整えて……まあ予定通り、あと二週間くらいかな」

そんな話をするうちに、ブビィの店に着く。

店に入ってしばらくすると、ブビィが出てきた。

「旦那、どうしました？」

「店の下見をしてきたついでに、顔を見ようと思ってな……あとどれほどかかりそうだ？」

ブビィは顎に手をやり考える。

「そうですね……予定通り、あと一週間くらいでしょうか」

「流石だ、助かるよ。こっちも従業員は確保して、接客の仕方なんかは教えている。優秀な執事とメイドがいるからなんとかなりそうだ」

「それならば、合流後に私から教えることは少なそうですね。ですが確保しているのは従業員だけですか？　仕入れなんかの時の護衛《ごえい》や、店の警護《けいご》はどうします？　専用の護衛か、冒険者を雇うことになると思いますが……そうなると予算が」

「いや、従業員たちがこのままいったら、Cランク冒険者を一人で倒せるくらいまでは強くなる予定だし」

「は⁉　一体何をされたので？」

俺の言葉にブビィは驚く。

彼が販売した奴隷だ、どれくらいの能力があったか分かっているからこその驚きだろうな。

「まあちょっと力の使い方を教えただけだよ……それでブビィ。こっちも何だかんだで準備はほぼ終わった状態だ。急《せ》かすようで悪いが、待っているぞ」

「いえいえ、急ぎ合流するようにいたしますね」

頭を下げるブビィに俺は頷く。

と、エリスが突然話しかけてきた。

《マスター。この奴隷商に良い人材がおります》

人材?

《はい。この奴隷商の奥におります》

ってことは商品、なのか?

《その通りです。是非顔を合わせるべきかと》

分かった。エリスが言うなら会ってみるか。気になるからな。

俺はブビィに、そのエリスが言う人物に会わせるよう頼むことにした。

「来て早々に悪いが、もう一度奴隷を見せてもらっても構わないか? あの場所だ」

「あそこですね、大丈夫ですよ。お連れの方もご一緒しますか?」

ブビィはフィーネや天堂たちを見やる。

俺の言いようから、エフィルがいた部屋のことだと分かったのだろう、一瞬表情に緊張が走る。

しかし覚悟を決めたからには見なくてはいけないと思ったのだろう、天堂は頷いた。

「はい。一緒に行きます」

しかしその隣にいるアイリスとアーシャは首を横に振っており、フィーネとクゼルも一緒に来ないようだった。

「分かりました。ではついてきてください」

ブビィは扉を開け先に出ていく。

俺と天堂、鈴乃、最上、東雲、朝倉はブビィに続く。

例の部屋に向かって進んでいたのだが、不意にエリスから指示が飛んできた。

《そちらを左に曲《ま》がってください》

ん？　いつもと違うルートだな。

「ブビィ。悪いがそこを左だ」

「分かりました……こちらをご案内するのは初めてになりますね」

ブビィは言われる通り左へと曲がる。

《その先、真正面《ましょうめん》におります》

両サイドには鉄の檻《おり》があって、中にいる奴隷たちは少し衰弱していた。

そういえばこの道はまだ通ったことがなかったっけ。

「すみません。怪我をしている人は治療しないのですか？」

天堂が疑問に思ったのであろうことを聞いた。

「こちらは最近うちの店に来たばかりの者がいる部屋でして……まだ手が回っていないのです」

と、そのまま部屋の端《はし》まで進むと、檻の中には十代くらいの少女がいた。

エリス、こいつか？

《その通りです。そちらになります》

俺が視線を向けると、ブビィはその鉄格子《てつごうし》の中にいる人物を見る。

「こちらはつい昨日、うちに来たばかりの者でして……まだ最低限の処置しかできておりません。見苦しくて申し訳ございません」

その少女は黒の長髪に紫の瞳で、右腕がなかった。

《マスター。彼女のステータスをご覧ください》

俺はエリスに言われるままにステータスを確認する。

名前：ノワール
レベル：62
年齢：19
種族：人間
ユニークスキル：快刀乱麻《かいとうらんま》
スキル：剣術Lv5　幻影魔法Lv7　闇魔法Lv6　影魔法Lv4　気配察知　気配遮断
魔力察知　隠密《おんみつ》Lv7　身体強化Lv6　暗殺術Lv7　毒耐性　麻痺《まひ》耐性
称号：影の者、暗殺者

ふむふむ。なるほどな。

面白い人材って言ってたのは、このスキルのことだろうか。


〈快刀乱麻〉

困難な場面であればあるほど基礎身体能力が上昇する（最大で五倍）。

暗殺に使用するスキルが獲得しやすくなり、効果が常時二倍。


へえ、面白いな。

「困難な場面であればあるほど」って、ノワールの主観《しゅかん》に基《もと》づいて判断されるんだろうか？　それとも神様が判定するのかな？

けっこうピーキーなスキルだけど、上手くハマれば強力だよな。

しかし、こんな強力なスキルがあるっていうのに、なんでノワールは奴隷になっているんだろうか？

ブビィにそのことを尋ねる。

「ブビィ。彼女はなぜ……？」

「どうやらグリセントの元暗部《あんぶ》の人間らしいのですが、何か罪を犯《おか》して奴隷に落とされて……という話ですね。別の都市にいる私の馴染みの商人のところにいたのですが、経歴もあって買い手がつかず、こちらに流れてきたのです」

「それが、彼女を売りに来た者は何も教えず、彼女自身も口を開かないので分からなくて……」

「罪っていうのは？」

なるほど、きな臭いな。

「そうか、少し話したいから扉を開けてくれ。どうせ動けないだろ？」

「分かりました」

ブビィに扉を開けてもらい、彼女に近寄りしゃがみ込む。

「……なんの、用、だ……？」

ノワールは力なく口を開く。

表情に力はなく、声も弱々しい。

「少し話が聞きたくてな」

「……お前に話すことなどない」

「お前になくても俺が聞きたいんだよ……グリセントの暗殺者だったんだな」

「……それが、どうかしたか？」

俺の言葉に、ノワールは睨みつけてくる。

「元グリセントの暗部の人間らしいな……あの国の王族が粛清《しゅくせい》されたことは知っているか？」

「……知っているが、それが私に何か関係あるか？」

ダメだ、全然話になる気がしない。

俺が悩んでいると、天堂が近づいていた。

「晴人君、僕が話してもいいかな？　元グリセントの人間だっていうなら、僕の肩書きで安心して話してくれるかもしれない」

「ん？　ああ、そういうことか」

俺が立ち上がると、入れ替わるようにして天堂がノワールの前にしゃがみ込む。

「……なんだ、貴様は？」

「僕は天堂光司。グリセントに勇者として召喚された者だよ」

「……そうか、貴様が。それで、そのグリセントの勇者様が私に何の用だ。お前たちが王都を攻めた張本人だという話も聞いたが」

あれ、そういう話になってるのか。

むしろこれだと、ますます警戒されるんじゃないか？

「それはそうなんだけど……」

「正確には、主導したのは俺だ」

天堂の言葉を引き継いで、俺が答える。

するとノワールは、ようやく俺に興味を持ったようだった。

「……名前を、聞いても、いいか?」

「結城晴人だ。冒険者をしている」

「なるほど。例のEXランクの……貴様がいたのであれば、イビルとかいうくだらん奥の手を持っていたはずの王族連中が粛清されたのも納得だな」

イビルっていうのは、王族が作っていた改造した兵士のことだ。その存在まで知ってるってことは、暗部の中でもけっこう地位が高かったのかもしれない。

レベルも高いし、是非欲しい人材だな。

「なあノワール、俺に買われる気はないか?」

「グリセントの暗部の人間だった私を、か?」

「ああ」

「お前の命を狙《ねら》うかもしれないぞ?」

「そう簡単に殺されてやると思っているのか?」

これだけ実力に差があるのだ、こいつに殺される気はしない。

それに俺は、グリセントが俺たちを召喚する時に使った魔法陣を解読して、帰還用の魔法陣を作り出すと決めているのだ。

今はエリスにも手伝ってもらって解読を進めているが、まだ時間がかかるだろう。

魔法陣の完成まで、俺は死ぬわけにはいかないのだ。

それに……

「お前が犯した罪とやらも、どうせ王族の連中にでっち上げられたものなんだろう？　王族が粛清されたって話を聞いて、内心ほっとしていたんじゃないのか？」

俺の指摘に、ノワールは目を丸くする。

流石は暗部の人間、感情を表情に出さないようにしていたが、俺の目は誤魔化《ごまか》せない。

「どうだ？　俺に話してみないか？」

「……お前だけに、か？」

「ああ。俺とお前以外には聞こえないように結界を張っておこう」

俺は結界を展開する。

「今結界を張った。これで聞こえなくなった」

「……どうやら本当に結界が張ってあるようだな」

そこでノワールは一度目を閉じて、考え込むような仕草をする。

「……分かった。貴様が主導して王族を粛清したと聞いて疑《うたが》っていたが、これほどの結界を張れる実力があるならば納得だ。ここで私が黙っていても、何かしらの方法で吐かされることになるかもしれないしな」

全てを諦めたようにノワールが言う。

いや、そんな無理矢理聞き出すつもりはないんだけど……まあ、喋る気になってくれたならいいか。

「理解してくれてありがとう。結界はこのままでいいか？」

「ああ、構わない。それで、私の身に何があったか話せばいいんだろう？」

その言葉に、俺は頷く。

「ああ、頼むよ」

「知っているようだが、私の名前はノワールだ……どこから話すかな」

ノワールはそう前置きして、語り始めたのだった。

第10話　ノワールの過去

「私はグリセント王国で、国王陛下直属の暗部で汚《よご》れ仕事をしていた。表向きは行政系の情報機関の所属だったがな」

国王直属となると、エリートの中のエリートってことだな。スキルも色々あったし、相当優秀な人材だったと思う。

「暗部の役目は、王政にとって都合の悪い連中の暗殺や、政治的な工作がメインだ。ある日、私たち暗部に陛下から勅命《ちょくめい》が下った。内容は、エルフの里の姫の拉致《らち》だ」

「エルフの姫の拉致？」

ノワールは静かに頷く。

「ちょうどその時、樹海《じゅかい》にあるエルフの里を襲撃し、奴隷にしようという作戦があった。その際に、暗部の人間が秘密裏《ひみつり》にエルフの姫を拉致し、他のエルフの隠れ里の情報を吐かせたり、交渉材料にしたりしようとしていたんだ。私を作戦のリーダーとして、暗部内でチームが組まれた」

樹海のエルフの姫の拉致と聞いて、俺は眉をひそめる。

エフィルのことだ。

実際にエフィルも、逃げようとしていたところを兵士に見つかって捕《つか》まったって言ってたっけな。

「正直《しょうじき》気が進まなかった。反対意見を出そうとしたが、私は暗部、王の道具であって、王の命令は絶対だ。襲撃作戦のメインとなる騎士や兵とは指揮《しき》系統が違い、エルフの姫の身柄確保について聞かされていないから、姫を殺してしまうかもしれない。だから彼女の身柄を無事に確保するために、私たちは身分を隠したまま兵士に紛れ込んだ」

ノワールはそこで一息つく。

「そうして攻め込んだエルフの里で、激しい戦いが繰り広げられた。そんな中、私たち暗部の人間は二手《ふたて》に分かれ、姫が逃げ出すであろうルートを絞り込み、他の兵士たちとともにに監視《かんし》していた……結果、私がいないルートに姫が現れ、捕獲《ほかく》の手前までいったところで、反撃にあったそうだ」

そこでノワールは眉をひそめた。

なるほど、このあたりはエフィルも話していたな。

「見つけたタイミングで合図があり、私はその場に向かった。しかし私が見たのは、倒れ伏す暗部の仲間と兵士たち。そしてただ一人生き残っていた兵が、激高して姫を殺そうとしている光景だった。なんとかその兵士を止めることはできたが、姫は今にも息絶《た》えそうだった。このままではまずいと思い陛下に連絡を入れたのだが、『そこまでボロボロになったのならすぐに死ぬだろう。奴隷商にでも売った方がいくらかマシだ』と言われ……」

「それで奴隷商に売り払った、というわけか」

俺の言葉に、ノワールは頷く。

なるほど。これでエフィルの話と繋がったな。

「作戦を終えた私たちが城に戻ると、待っていたのは叱責《しっせき》だった。王としては、予定していた通りにエルフの姫を捕まえられなかったのが癪《しゃく》だったんだろうな。加えて、私は作戦のリーダーとして、暗部の貴重《きちょう》な人員を複数死なせた責任を追及《ついきゅう》され、暗部を追い出されることになった……本来ならすぐに殺されるところだったんだろうが、王子たちを楽しませるために拷問《ごうもん》にかけられた。そして死ぬ前に金にしようとでも思ったのか、適当な罪を擦り付けられて奴隷商に売り払われた」

そこまで言って、ふん、と鼻で笑うノワール。

「どうせ回復せずにそのまま死ぬと思われていたんだろうが……結局生き延び、こうしている。いくら私がグリセントを追い出された身とはいえ、不特定多数に聞かれれば恨《うら》みを買いそうな内容だったから、お前にしか話したくないと言ったんだ」

「なるほど、話はよく分かった」

やはりグリセントの王族は腐《くさ》ってたな。

しかし、今の話を聞いて疑問に思ったことがあった。

「……お前はグリセントの王族を恨んでいないのか？」

そう。憎《にく》しみといったものを、一切感じなかったのだ。

「恨んでどうする？　仕事でヘマをしたことは事実だし、罪人として奴隷にされたことについては、恨んで抵抗したって相手は国だ、勝ち目はない……それに、その王族はもういないのだからな」

「そうか」

ふっ、と力なく笑うノワール。

そして俺の目をじっと見て尋ねてきた。

「こんな私を買うのか？」

その問いに、俺は頷く。

「ああ。俺はお前が欲しい。俺は現在商会を作っているんだが、お前の諜報《ちょうほう》能力が役立たないかと思っているんだ。人格的にも、信頼できると判断した」

「……私が裏切ったら?」

「それはその時。俺に見る目がなかったってだけだな」

それに、と続ける。

「俺ならお前を、今まで以上にもっと強くできる。今回は理不尽《りふじん》によってこんな目に遭《あ》っているが、力をつければ跳ねのけられるようになるだろう。どうだ? どんな困難にも負けない、自分の意志を貫き通すことができる力が、お前は欲しくはないか?」

俺は右手をノワールへと差し出す。

ノワールは一瞬躊躇うも、すぐにその手を取った。

「私は、私の意志を貫き通す力が欲しい。そのためなら、貴様の力になろう……だが本当に、本当に強くなれるのか?」

「それはノワール、お前次第だ。だが、後悔はさせない」

「……分かりました。私の、一生の忠誠を、あなた様に捧げましょう」

ノワールが言葉使いを変え、膝をつき頭を下げた。

仕《つか》える主を定めた一人の戦士のように。

俺はそれを見て頷いた。

「分かった」

「ハルト様、先ほどまでの御無礼《ごぶれい》をお許しください」

「気にしてないよ。さて、ようこそノワール。お前もいずれは強者の一人になる者だ。そして、これからは俺の影としての活躍を期待している」

俺は再びノワールの手を取り、引き上げて立たせる。

しかし傷のせいか、ノワールはふらついてしまった。

「……申し訳ございません」

「いや、気にするな」

そう言って俺は結界の魔法を解いた。

「旦那、話し合いが終わったようですね。それで決まったのですか？」

さっきの結界は音を遮断するだけなので、目には見えていただろうに。

「分かるだろ？」

「まあ。楽しそうなお顔をしておりましたのでね」

ブビィは笑う。

……なんか、場所が場所だけに悪そうな笑みに見えるな。

「さて、いくらだ？」

「そうですね――」

俺はブビィに金を払い、奴隷契約もやってもらう。

ノワールはまだ自力で動けそうにないので、抱《だ》きかかえて馬車まで連れて行った。

……ただ、馬車に戻ると、待っていたフィーネたちにジト目を向けられてしまった。

まるで「また女の子を増やしてる……」とでも言わんばかりだったので、慌てて説明する羽目《はめ》になった。


なんとか納得してもらい、馬車に乗り込んでから、見送りに来ていたブビィに声をかける。

「それじゃあ、引継ぎが終わったらよろしく頼むな。何かあったら俺の屋敷まで来てくれ」

「分かりました」

そうして頭を下げるブビィを背に、俺たちは出発する。

本当はこのまま王城に向かうつもりだったが……流石にボロボロのノワールを連れて行くのは気が引ける。

亜空間にいてもらう手も考えたが、誰かしら一緒にいておいてほしいし、スキルについて説明を求められても面倒だから一度帰って落ち着くことにした。

無事に屋敷に帰ると、メイドたちとセバスが出迎えてくれた。

「「「お帰りなさいませ。ご主人様」」」

「お帰りなさいませ、ハルト様。予定よりお早いお帰りですね……そちらは？」

セバスは俺が抱きかかえているノワールに目を向け、尋ねてくる。

「ただいま。ちょっとブビィの店に寄ったらな」

「なるほど。そういうことでしたか」

セバスは目を細め、納得したように頷く。

「彼女を治すから、その後風呂《ふろ》に入れてやってくれ」

「かしこまりました」

俺はノワールを連れて空《あ》いている部屋に入ると、ベッドに寝かせてやる。

「ノワール。今から欠損しているところを治す」

「――は、はい」

ノワールは驚きつつも、素直に頷いた。

魔力を込め、回復魔法を使えば、ノワールの体が光に包まれる。

そして光が収まると、なくなっていた腕が戻り、全身にあった切り傷や打撲《だぼく》の痕《あと》が綺麗さっぱり消えていた。

ノワールは信じられないと言いたげな顔で、確かめるように全身を触《さわ》っている。

そして俺の方に顔を向け、満面の笑みを浮かべた。

「ハルト様……ありがとうございます！」

「いや、気にするな」

これで後は風呂に入ってもらうだけだが……その前に一つ、伝えておかないといけないことがあるな。

「……ノワール。一つ、伝えなければならないことがある」

「なんでしょうか？」

ノワールは俺の目を見る。

「ここの屋敷には、お前たちが襲ったエルフの姫がいる。彼女の名前はエフィル。以前、さっきの奴隷商会で買ったんだ」

驚きに目を見開くノワールへと、言葉を続ける。

「会ってみるか？」

さて、どういう反応をするか……

もし会いたくないのであれば、無理に会わせない方が良いだろう。

エフィルにはノワールの存在を伝えず、顔を合わせないようにさせればいいだけだし。

そう考えていたのだが、ノワールの答えはそうではなかった。

「……そう、ですか。ならば会わせてください」

俺の目をまっすぐに見つめて、ノワールは言う。

「――謝《あやま》りたいんです」

「そうか、分かった。ただエフィルの気持ちも聞く必要があるから、その間に風呂に入ってくるといい……セバス、頼んだ」

タイミング良くセバスが扉を開けたので、後を任せる。

「分かりました。上がりましたらお呼びいたします」

「ノワール。セバスについていってくれ」

「分かりました」

ノワールが頷くのを見て、セバスは踵《きびす》を返す。

「では、ノワールさんといいましたか。こちらへどうぞ。ライラ、手の空《あ》いている者を二人お願いします」

「分かりました」

そして扉の向こうにいたライラへと指示を出してから、ノワールを連れて風呂場へと向かっていった。

「――さて、エフィルのところに行くか」

「ハルトさん」

声がしたので入り口の方を振り向くと、そこにはフィーネが心配そうな顔で立っていた。

「どうしたフィーネ？」

「その、エフィルさん……大丈夫ですかね？」

まあフィーネとしては、エフィルが心配だよな。

「大丈夫だろう。ああ見えてエフィルは強いからな」

「そうだといいのですが……」

フィーネは未だに心配なようだが、本人に聞いてみないことには始まらない。

俺はフィーネを連れて、エフィルの部屋へと向かった。

エフィルはこの時間なら、部屋にいるはずだ。

「俺だ。入っていいか？」

「ハルトさんですか？　どうぞ」

中からのエフィルの声に促され、扉を開ける。

「帰られていたんですね、どうしたんですか？」

「突然だが、聞きたいことがあってな」

「なんですか？」

「それは――」

俺はエフィルに、ノワールのことを説明する。

するとエフィルは、神妙《しんみょう》な面持ちで頷いた。

「そう、ですか……」

「それで聞きたかったことなんだが……ノワールに会う気はあるか？　俺の奴隷となった以上、顔を合わせることもあるかもしれないしな。もしエフィルが嫌だったら、顔を合わせないようにすることもできるが」

俺がそう言うと、エフィルは首を横に振った。

「いいえ。気を失ってから、誰に何をされたのかも覚えていませんし、そのノワールさんという方も、王の命令に従っただけだと思いますから」

「そうか」

「はい。それに、ハルトさんが連れてきたってことは、悪い人じゃないんですよね？」

「まあな……そうだ、なんだかんだでずっとエフィルを奴隷から解放していなかったが、いい機会だし今解放しようか？」

その言葉に、エフィルの体がビクッと跳ね、不安げな顔で見上げてくる。

あれ？　なんか予想してた反応と違うんだが……

「どうした？」

「その、解放されたら私はどうなるのですか？」

あ、もしかして追い出されると思ってるのかな。

「どうって、そりゃあ今まで通り好きにしたらいいんじゃないか？　奴隷っていっても、特に行動を縛《しば》ってたわけじゃないし」

ん〜、と首を捻《ひね》るエフィル。どうするか考えているのだろう。

そうしてしばらくしてから、俺を真剣に見つめてきた。

「それじゃあ、奴隷紋《もん》を消してもらいたいんですが……一つだけ、お願いしてもいいですか？」

「ん？　なんだ？」

「は、はい」

若干頬を赤く染めるエフィル。

「私はハルトさんのことがその、好きです。だから、このままずっと一緒にいられるように……私を婚約者にしてくださいっ！」

そう言ってすぐにエフィルは「うぅ〜……言っちゃった」と顔を真っ赤に染めてしまう。

エフィルの気持ちにはなんとなく気付いていたが……このタイミングでそんなことを言ってくるとは思ってなかったな。

「……そうか。ありがとうな。ならこれからよろしく、エフィル」

「はいっ！　こちらこそ！」

俺が頷くと、エフィルは満面の笑みを浮かべるのだった。

それからエフィルと話しながら待つことしばし、セバスが扉をノックした。

「ハルト様、お待たせいたしました。ノワールさんをお連れしました」

「ありがとう、入ってくれ」

扉が開かれ、セバスとノワールが入ってくる。

ノワールは、奴隷商で会った時とはまるで違っていた。

ボサボサだった黒い髪は整えられて艶《つや》があり、肌は透《す》き通るように白い。とても綺麗になっていた。

「見違えたな」

「色々としていただき、ありがとうございます」

ノワールは最初に頭を深く下げ感謝を述べた。

「いいよいいよ。目的は俺じゃなくて――こっちだろ？」

俺はエフィルの背中に手をやり、前に出す。

当のエフィルは、里であったことを思い出したのか、それとも緊張しているのか、肩が震えていた。

そんなエフィルを安心させるように、頭を撫でて落ち着かせる。

震えが収まったエフィルは、笑みを浮かべて「ありがとうございます」と呟くと、真剣な表情でノワールに向き直った。

ノワールはそんなエフィルを見て、深く頭を下げた。

「たしかにあの時のエルフの姫だ……本当に、本当に申し訳ございませんでした！　もちろん、謝っただけで許されるなんて思っていない。命を差し出せと言うならば、ハルト様の許可をいただいてそういたしましょう」

その言葉を受けて、エフィルは戸惑い俺を見る。

「ノワールの心からの謝罪だが、どう受け取るかはエフィル次第だ。俺は口を挟《はさ》まない。好きにすると良い」

その言葉に深く頷き、再びノワールを見た。

「……顔を上げてください。一つお伺《うかが》いしたいのですが、私があの日のことで覚えているのは、兵士の方に殴られたところまでです……あのままだと死んでいたと思うのですが、手当てをしてくれたのはあなたですか？」

ノワールは顔を上げて答える。

「たしかに、あなたに手当てをしたのは私だ」

「そうでしたか……ありがとうございます。あなたのおかげで私は生き永《なが》らえたのですから、それを命でもって償《つぐな》えなんて言えません……その、ノワールさんは、私の同胞を殺したりは……？」

「それは誓ってしていない。私の任務はあなたの確保だったから、戦闘にはほとんど参加していないんだ……もっとも、攻め込んでいる時点でそんなのは言い訳にしかならないが」

ノワールの言っていることは本当だろう。

それを聞いて、エフィルはほっと息をついた。

「分かりました、ありがとうございます。国に仕えていた以上、どうしても逆《さか》らえないことがあるのは分かっています。その上で、同胞を手にかけず、私の命まで救ってくれた……そんな方に、罰を与えようとは思えません」

ノワールは静かにエフィルを見つめる。その目には涙が浮かんでいた。

「こんな、こんな私を許してくれるのですか……？」

「許すも何も、こちらから感謝を伝えさせてください。これからは、同じハルトさんの仲間として、よろしくお願いします」

エフィルは優しく微笑《ほほえ》み、ノワールへと手を差し伸べる。

ノワールはその手を取り、涙を流しながら言った。

「ありがとうございます。私は今後、ハルト様のために誠心誠意《せいしんせいい》尽くすつもりです。よろしくお願いいたします」

「頼りにしています。できるだけ、命を大事に扱うようにしてほしいのですが……」

「それはもちろんです。ただ、ハルト様を狙う者に容赦《ようしゃ》するつもりはありません」

「ええ、それでいいと思います……では改めて、これから、よろしくお願いしますね」

エフィルが微笑みかけると、ノワールもこの部屋に入ってきて初めて笑みを浮かべるのだった。

それからノワールは、メイドとしての仕事を覚えることにしたようだった。

理由としては、「諜報活動がない時でも、ハルト様の役に立ちたい」ということらしい。

屋敷の皆とも打ち解けて、少しずつだが笑顔が増えてきた。

とりあえず、この件はこれで一件落着かな。

第11話　新商品のお披露目《ひろめ》

それから数日後、店の工事があらかた終わり、商品の調達、生産に取り掛かっていた。

メイドたちは現在屋敷の仕事をする最低限の人員を除き、製作班と販売班に分かれて、店の方に移動してもらっている。

つい先ほども、品質チェックのためにポーションが届けられたばかりだ。

俺が丁寧に教えたこともあって、その品質は、そこいらの店に引けを取らないほどである。

量産の際に問題になりがちな品質のばらつきも、初級、中級のポーションならば問題ない。上級のポーションについては、しばらくは俺が作ったものを売ればいいから、問題ないだろう。

その他の商品については、他の商会で販売しているような日用雑貨や冒険者用の雑貨を売る予定だ。

そんなこんなで準備が進んでいたところに、ブビィが俺の屋敷を訪れた。

現在は屋敷の応接室で話をしている。

「旦那、お待たせしました。これからよろしくお願いします」

「もちろんだ。こちらこそな……それじゃあさっそくだが、一つ感想が欲しくてな。うちの目玉となる新商品についてなんだが」

「新商品ですか？」

「ああ——セバス、あれを持ってきてくれ」

声をかけると、セバスが新商品を持ってくる。

持ってきたのは、楕円《だえん》のドーナツ形をした、白い物体だ。

「あの、これは一体……？」

「これは——便座だな」

「便座、ですか？」

そう。温水洗浄《せんじょう》機能付きの、取り外し可能な便座だった。

この世界では、田舎《いなか》の方はまだまだ汲《く》み取り式便所が多いが、大きな町では下水道が発達している。

そして各家庭にあるトイレは、和式っぽいものと洋式っぽいもの、どちらともあった。

都市部では、クリーン系の魔法が使える者は用を足した後魔法で綺麗にして、そうでない者はちり紙を使って拭《ふ》く。

また水を流すのも、自身の水属性魔法を使ったり、備え付けの魔石や魔道具を使ったりと様々だ。

そこで俺は、今回の商品を考えたのだ。

「これは座るタイプのトイレに設置するもので、魔石が組み込まれている。この部分に魔力を流すことで、内蔵されている管が伸び、排泄《はいせつ》した後に水洗いできるようになっていて、温風機能もあるから乾《かわ》かすことまでできる。こっちの部分に魔力を流せば、水を流すことも可能だ。それと、尻が冷たくないように適温に温める機能も付いている」

商品を持ちながら説明をするも、いまいちピンときていないようだ。

「そうだな……せっかくだから使ってみるか？」

俺はそう言って、近くのトイレに便座を設置してくる。

「待たせたな、使ってみてくれ。部屋で待っているぞ」

ブビィはおそるおそる、トイレへと入っていった。

部屋に戻ってすぐ、トイレから悲鳴じみた絶叫《ぜっきょう》が響いてくる。

「……見てきましょうか？」

「いや、大丈夫だ……多分」

実はこの商品は、まだ俺しか使ったことがない。

そのためセバスはトイレで何が起きているのか分からず、心配して聞いてきたのだが、それを止めておく。

見に来られても、ブビィも困るだろうからな。

それから数分、ブビィがドタドタと騒《さわ》がしく戻ってきた。

「な、なんなんだアレは⁉ 今までのトイレはもう使えないくらいだぞ！」

驚きのあまり、敬語が外《はず》れてしまっている。

俺は驚くブビィの様子に満足気にウンウンと頷いた。

「そうだろうそうだろう。そうだ、セバス。この屋敷と、従業員用の宿舎、それから店舗《てんぽ》の方にも設置を進めてくれ。倉庫にストックがあるからそいつを使って、使い方はマニュアルを作ってあるから、それを見るように」

「ほほほっ。分かりました。楽しみですなぁ～……」

セバスはニコニコして部屋を出ていく。

あんなに楽しそうなセバスを見るの、初めてじゃないか？

そんなセバスを見送っていると、ブビィが俺に顔を近づけ興奮気味《こうふんぎみ》に口を開く。

「これは私の家にも欲しいですね！　個人用に三つお売りください‼」

近い近い！

おっさんの顔がこんなに近くても嬉《うれ》しくないから！

「ちょ、近いから離れろ」

「おっと、これは失礼いたしました」

とりあえず離れてくれたが、興奮冷めやらない様子のブビィ。

このままでは話が進まないので、俺はため息をついて口を開く。

「それで、まずは値段に関して相談しようと思っていたんだ。全ての機能が付いたフルスペックのものを貴族用として金貨二枚、それから庶民《しょみん》でも手が届きやすいように、温め機能と水を流す機能を排除《はいじょ》した廉価版《れんかばん》を大銀貨二枚って感じで考えている」

日本円で貴族が二十万円。一般人が二万円ってところだ。

温め機能は常に魔力を消費するので、組み込むのに金がかかる。さらに、座面の素材をこだわったり、全体的に装飾《そうしょく》を増したりすることで高級感を出し、貴族用と廉価版の差別化をするつもりだ。

ブビィは顎に手をやり考える。

「そうですね……その値段なら妥当《だとう》、いえ、少し安いくらいかと思います。それにしても、これは革命ですな！」

「そうか？　ブビィがそう言ってくれるなら安心だよ……ちなみにさっきのは貴族用のプロトタイプで、実際にはこんな感じになる予定だ」

そう言って、設計図を見せる。

これがけっこう派手《はで》なものになるので、屋敷用は余計な装飾を取ったものを用意してある。さっきブビィに使わせたのもこれだな。

「素晴らしい！　まさに芸術品ですよ旦那、これなら貴族様にも売れるでしょう！」

ブビィはその設計図を見て、太鼓判《たいこばん》を押してくれる。

よし、これで一安心だな。

「そうか、そう言ってくれてよかったよ。オープンは一週間後、数日は開店記念で値引き販売を行う予定だ。様子を見て新たな従業員を増やすつもりだから、奴隷商の方で見繕《みつくろ》っておいてくれ」

わざわざ奴隷を使うのは、情報漏洩《ろうえい》を防ぐためだ。

うちの店の内部情報は、できるだけ外に漏らしたくない。

一般人を雇って契約魔法で言動を縛ることもできるが、そこまで強い縛りをかけることはできない。

一方奴隷なら、強い縛りをかけることができるし、解放することになっても、ある程度強制力の強い契約を結ぶことができるのだ……極論《きょくろん》、記憶を操作する魔法を使うこともできるしな。

俺の考えを理解しているのか、ブビィはあっさりと頷く。

情報漏洩が店の存続に関わるのを、よく分かっているのだろう。

「それがいいかと。雇うことにした者は、一度旦那にお見せした方がいいですか？」

「いや、俺がいない時も人は増やしたいから、それは大丈夫だ」

「そうですか、分かりました」

そうしてオープンまでに関する話をまとめ、ブビィは帰っていった。

それから数日、ディランさんの元に打ち合わせに行ったり、天堂たちと模擬戦《もぎせん》をしたりと充実した日々を送った。

天堂たちが予想よりも動けるようになっていた。

やはり実戦が一番成長するもんだな。

そしてオープン前日。

一昨日から、メイド兼《けん》従業員にビラを配らせ、店の宣伝をしている。

店の前にはオリジナル商品の設置型便座を展示しておいた。

店のトイレにも設置していることはビラに書いておいたので、オープンは明日だというのに店の前には列ができていた。

ちなみに便座の量産については、設計図を従業員たちに渡してあるので問題ない。魔道具製作のスキルを持つ者も増えたので、どれだけ注文が増えても大丈夫だろう。

俺とブビィ、それからフィーネ、アイリスの四人で店に来ていたが、アイリスがとあることを言ってきた。

「ちょっといい、ハルト?」

「どうした?」

「王城にもあれを設置してほしいんだけど……」

なんだ、そんなことか。

「大丈夫だ。ディランさんにはお世話になったし、献上用《けんじょうよう》のものを作ってある。そうだな、これから渡しに行くか?」

「それがいいわ!」

アイリスは目を輝かせる。

今ここにいるのは四人だけ。

ゼロはずっとセバスのところで執事の修業《しゅぎょう》をしているみたいだし、天堂たち勇者組とクゼルは屋敷で鍛錬中。アーシャとエフィル、ノワールは屋敷で働いている。

フィーネに目を向けると、問題ありませんというように頷いていた。

「ブビィはどうする？　ついてくるか？」

「いえいえ！　陛下との謁見《えっけん》なんて……私には畏《おそ》れ多いですよ！」

「そうか？　けっこう気さくな人なんだがな」

そこにフィーネからの呆れたような視線が突き刺さる。

「そんな事を言えるのはハルトさんだけですからね？　分かってますか？」

「そ、そうかな？」

「そうですっ！」

怒られてしまった。

たしかに、相手は国王だ。フィーネの反応が普通だろう。

ブビィはしょんぼりとする俺に話しかける。

「今回はご遠慮させていただきます。また機会があれば……」

そう言えば、ブビィのことを知ったのはセバスに紹介してもらったからだけど、そのセバスは元々ディランさんの執事だったっけ。ってことは、ブビィはディランさんに会ったことがあるんだろうか？

まあ、それは今度聞いてみるか。

「分かった。それじゃあ、フィーネ、アイリス、行こうか」

俺たちはさっそく王城へと向かう。

城門でトマスさんに用件を伝えると、すぐに通してくれた。

今回もいつもの客間に通されたが、ディランさんはそこにおらず、少し待ってほしいと言われた。

どうやら今回は正式な謁見という形をとるらしいな。

アイリスは呼び出され、先に部屋を出て行った。

それからまた少し待ち、ノックとともにメイドが入室してきた。

「ハルト様。陛下が謁見の準備ができたそうです。どうぞこちらへ」

「はいよ〜」

「やっぱり呑気ですね」

「まあいつも通りだよ」

「ですね」

メイドの後を付いていき、謁見の間に向かう。

扉の前に立っていた近衛《このえ》に促され、謁見の間の前に立つ。

「英雄、ハルト様がご到着なされました！」

そんな近衛の声と共に、扉が開いた。

隣のフィーネは相変《あいか》わらず緊張しているようだ。

俺たちは部屋の中心まで進むと、片膝をついて頭を下げる。

普段けっこうラフな感じでディランさんと接しているので、こうやってキッチリした挨拶をするとなると、多少の違和感があるな。

「面《おもて》を上げよ」

ディランさんのその言葉で、俺とフィーネは顔を上げる。

「久しいな、ハルト殿《どの》よ。して、今回はどのような用で参ったのだ？」

アイリスから聞いてると思うんだが、公式な場ということで芝居《しばい》がかった喋り方をするディランさん。

「はい。今回は、私が立ち上げた商会の最大の目玉商品、そちらを献上品としてお持ちいたしました」

「ほう、目玉商品とな」

ディランさんは前のめりになりつつ尋ねてくる。

「ただいまお出しします」

俺は異空間収納から、豪華《ごうか》な装飾が施された新商品の便座を取り出した。

今回は王様への献上物なので、貴族用のものに、さらに少し装飾を足している。

「こちらになります」

近衛が俺の手から便座を受け取り、ディランさんの元へしずしずと運ぶ。

……便座をあんなに恭しく持ってるって思うと、なんかジワジワくるな。

それを手にしたディランさんは、分かっているはずなのにわざわざ聞いてくる。

「これは何かね？」

「そちらはトイレを快適にする、多機能便座です。設定はいくつか必要ですが、便器に設置すれば使えますので、是非お試しください」

ディランさんの周囲にいる宰相《さいしょう》や大臣も興味津々《しんしん》なようだ。

ディランさんは一通り眺めた後、隣にいた宰相に手渡す。

「あい分かった……ルーベルよ、私の部屋に直《ただ》ちに設置するように」

「分かりました」

言われた宰相——ルーベルさんは受け取ると、俺を見て尋ねてくる。

「ハルト殿。設置の仕方を聞いても？」

「はい」

取付説明書を渡して、一緒に見ながら説明していく。

「ありがとうございます。では陛下、直ちに取り掛からせていただきます」

ルーベルさんはそう言うと、近衛を数名連れて謁見の間を出て行った。

ディランさんが口を開く。

「それでハルト殿。店の件だが、従業員の方はどうかね？」

「はい。従業員も無事に揃い、皆オープンを今か今かと心待ちにしております」

「そうかそうか。それは良かった」

「今回はブビィという者の奴隷商で購入したのですが、これがまた優秀な者揃いでして……ブビィ本人にも、商会を手伝ってもらうことにしました」

ディランさんは、俺が奴隷をどう扱うのか知っている。

そのためそのあたりの説明を省略《しょうりゃく》したが、ディランさんはどこか納得したように頷いていた。

「そうかそうか。あやつか」

「ブビィを知っているので？」

俺のその質問にディランさんは頷く。

「知っているとも。複数の事業を展開し、成功させている商人だ。奴隷の扱いについても評判がよく、あやつのところから奴隷を買った貴族は揃ってブビィを褒《ほ》める。彼ほどできる男は滅多《めった》におらんだろう」

「そこまででしたか」

へえ、王様にも認知されてるんだな。

「うむ、ブビィは犯罪奴隷でも手荒《てあら》なことはしない。全力で奴隷一人に、人間として生きる希望を見つけさせているからな。奴を取り入れて正解だったな、ハルトよ？」

「そうですね。上手く釣《つ》れまし——なんでもないです」

「おい、今釣ったって」

「気のせいだ。忘れてくれ」

もう口調が戻ってしまった。慣れないことをするもんじゃないな。

「ま、まあ良い。そろそろ、いつものように話してくれ。ここにいる者たちは理解ある者ばかりだ……というかなんか違和感が凄いぞ」

「ならそうするよ、助かる——で、ブビィだけど、後継者《こうけいしゃ》もいたみたいだから、俺の商会に引き抜いたよ」

「そうかそうか。それはこれからが楽しみだな。そなたの活躍を期待している。アイリスの父親としてもな」

「ははっ、頑張らないとな」

そんな話をしていると、宰相のルーベルさんが便座の設置をしたと報告しに戻ってきた。


——それから数分後。

「ハルトよ！　アレは革命だ！　王城のトイレすべてに設置するぞ！」

そう興奮しながら、ディランさんが戻ってきた。

あまりの興奮っぷりに、ルーベンさんも他の大臣も目を丸くしている。

「今回献上用に十個持ってきているが、あとどれくらい必要だ？」

俺の言葉に、ディランさんがルーベンさんに目を向ける。

「そうですね……王城内のトイレは全部で四十五ですね。今回の献上分を引きますと、残り三十五です」

「そうか。では三十五個を注文しよう」

「了解だ。商品自体は廉価版と貴族向けのものがあって、今回はどちらとも違う、献上用のものを持ってきた。貴族用と献上用のものだと、装飾くらいしか違いがないが、貴族用のものを納品するかたちで構わないか？」

今回の献上用は、金貨五枚もする。

そのことをディランさんに伝えると……

「ああ、それで構わんよ」

「では納品は明後日《あさって》でいいか？　明日は開店日で忙しくてな」

「分かった。では明後日だ。代金は先払いか？」

「いや、当日でもいいよ」

「分かった。下がってよいぞ」

「はい」

「これにて謁見を終了とする」

俺とフィーネは下がり、謁見の間を後にする。

客間でアイリスを待ち、合流してから俺たちは城を出た。

「やっぱりハルトさんは陛下の前で緊張はしませんでしたね。結局、口調も戻りましたし」

帰り道、フィーネがそう言って笑う。

「まあ今さら緊張はしないさ。何回も会ってるし、フィーネもそろそろ緊張しなくなったんじゃないか?」

「それはそうですけど……謁見の間となったら緊張しますよ」

「そうなのか?」

「そうですっ」

フィーネがそう言うならそうなのだろう。


店に戻った俺は、さっそく注文が入ったことを従業員に伝える。

それから、指揮を執《と》っていたブビィに声をかけた。

「今大丈夫か?」

「少々お待ちを」

ブビィは一通り指示を出し終えてから、俺の方に向き直る。

「旦那、どうなされました？」

「他の商会の反応が気になるんだが……うちの出店で、どんな影響があると思う？」

「他の商会、ですか。便座以外の商品がどれだけ売れるか次第だと思うので、現時点での予測ですが、それでも？」

「ああ。俺は経営に関しては素人《しろうと》だからな」

なんとなくこうなるかも、という予想はできても、具体的には分からない。

俺の言葉に、ブビィは顎に手を当てて考え込む。

「そうですね……周りに影響するほどの利益をアシュタロテ商会が挙げると、他の商会の存続に関わります。となれば、簡単なところで打てる手段と言えば、アシュタロテ商会の悪評を流すことでしょうか。強硬《きょうこう》手段として、刺客を差し向けてくるところもあるかもしれませんね」

まあ、ブビィが言っているのが妥当なところだろうな。

これから先、まだまだ新商品を出すつもりでいるし……商会が上手くいけば、敵が増えていくだろう。

「やはり刺客が来る可能性は高いと思うか？」

「そうですね。場合によっては、大々的にいちゃもんをつけてきたり、襲撃があったりしてもおかしくないと思っています。これだけ素晴らしい商品ですから、ヒットは間違いなしですし……EXランクである旦那に喧嘩《けんか》を売るような者はいないと思いたいですが、ここは貴族街にも近く、そして貴族は商会と繋がりを持っており、その利益にこだわる者は多いです。備えておいて損《そん》はないと思います」

まあそうだよな。

ディランさんが治めている国だから変な奴は少ないだろうが、一切いないとは言い切れない。

「分かった。今いる従業員には、Bランク冒険者くらいの実力は付けさせているが、夜間の警備《けいび》も増やした方がいいだろうな。最低限、Cランク冒険者をあしらえるくらいの実力を持つ奴を探してくるか」

「Cをあしらうくらい……って、今の従業員はそんなに強いのですか？」

「ああ。俺と屋敷のメンバーで鍛えたからな……というか、新しい奴も同じように鍛えればいいのか」

俺があまりにもあっさりと言うものだから、ブビィは絶句していた。

「この話をできてよかった。それじゃあ、新しい人員の確保を頼むよ。いつも通り、奴隷から探してくれ」

「分かりました。ですが奴隷となりますと、契約の際に血が必要ですが……毎回旦那の血をいただくのも大変ですし、もし長くこの国を明けられることがあったら、その間は新しい従業員を増やせません。いかがいたしましょうか」

あ、そうだった。ここ最近の新しい従業員を雇う時は、あらかじめ俺の血を渡しておいて、それを使って契約してもらっといたんだよな。

「そうだな……たとえば、奴隷の誰かを主にして、契約を結ばせることは可能か？」

「可能です。その場合、旦那は最上位の主となりますので、旦那が命令することも可能です」

おお、そんなに便利なのか。だったらその方向で行くか。

俺はさっそく、近くで働いていたベナークとハトラを呼ぶ。娘のヘイナと三人親子で買った奴隷だ。

ちなみにヘイナは、少し離れた場所で商品を運んでいた。

「なんでしょうか、ご主人様？」

ベナークが尋ねる。

俺は二人に、今夜襲撃があるかもしれないこと、備えるために奴隷の従業員を増やすことを伝える。

襲撃と言った時にハトラがびくっとしていたが、お前たちはもうBランク相当の力があるから怯《おび》える必要はない、ということも伝えておいた。

「ここで増やした従業員は、次の店を作る時にも戦力になるからな……それで、その新しい奴隷との契約を、俺の代理としてベナークにやってほしいんだ」

「私でいいのですか？」

「ああ、お前の働きはしっかりと見てきた。お前にになら任せられる。奴隷の選定は、ブビィと二人でするように」

「あ、ありがとうございます！」

俺がそう指示すると、ベナークは目を潤《うる》ませて頭を下げる。

「新しい従業員は、そのまま従業員用の宿舎に連れて行ってくれ」

「はい、仰せの通りに」

と、そこでブビィが聞いてきた。

「そう言えば旦那、体が欠損している奴隷はどうしますか？　旦那なら治せると思いますが、いらっしゃらない時はどうしましょうか」

あー、その問題もあったな。

「大丈夫。欠損を治すポーションを用意しておくから、もし有能そうな奴がいたらそいつを買って、ポーションを使ってやってくれ。あ、騒ぎになるとまずいから、屋敷か宿舎で使うようにな」

「欠損を治すポーション⁉　それはもうエリクサーじゃ……」

俺の言葉に、ブビィが驚きの声を上げる。

ベナークもハトラも、言葉を失っていた。

「これは売る気はないから安心しろ。そうだな、屋敷の人間とお前たち三人にしか使えないようにロックをかけたマジックバッグを用意して、そいつの中に入れて渡すようにするよ」

三人は「分かりました」と言って深く頷く。

「奴隷を選ぶのも、最初はブビィに手伝ってもらうが、ある程度慣れてきたら完全にベナークに任せる。ベナークが購入したら、従業員としての教育はブビィが行ってくれ。それも終えたところで、戦闘用の訓練に入る……ということにしようか」

「承知しました……早い方がいいですかね？」

「そうだな……早いに越したことはないから、開店して少し落ち着いたら取り掛かってくれ」

俺の言葉に三人が頷く。

これで安心できそうだな。

「それじゃ、俺はもう帰るよ。明日は開店から閉店まで店にいる予定だ。準備はしっかりな。あと、皆にも無理せず早めに休むように伝えといてくれ」

ブビィたちは「分かりました！」と元気よく返事をし、俺たちを見送った。

屋敷に戻る途中、フィーネもアイリスも、俺がしっかり指揮できていて驚いたと言っていた。

……褒められてる、よな？

第12話　堂々開店！

――開店当日の早朝。

俺はフィーネ、アイリス、アーシャ、クゼル、エフィル、鈴乃を連れて、まだ薄暗い時間帯から店に来て準備を進めていた。

天堂たちは、そろそろグリセントに一度戻るようで、その準備や鍛錬に時間を割《さ》きたいからと、店の手伝いには来ていない。鈴乃は今後は俺と行動を共にするというので、こちらに来てもらっている。

クゼルも天堂たちと一緒に鍛錬でもしているものかと思っていたが、「こういった商売には疎《うと》いから、少しでも学んでおきたい」と言ってついてきた。脳筋《のうきん》だから不安だが、まあ学ぶ意思があるのはいいことだ。

今日はアシュタロテ商会の運命が決まる日だ。

宣伝はしっかりできたし、従業員の士気も上がっている。

一通り準備を終えたところで、俺は従業員たちを集めた。

横一列に綺麗に並ぶ従業員を前にして、俺は全員の顔を見回す。

「さて。今日はアシュタロテ商会の戦いの日だ」

その言葉に全員が頷く。

「チラシの効果もあって、買いたいと言ってくれる人は多くいた。今日の販売分は、貴族用が二百、廉価版が三百、一人三台までの限定とする。貴族が買いに来るだろうが、対応を変える必要はない――ここまでで何か質問がある者は？」

一人の従業員が挙手《きょしゅ》をする。

「どうした？」

「はい。暴力や権力を行使されましたら、どのように対処すればよろしいでしょうか？」

たしかに正直、強硬手段に出る奴がいてもおかしくないだろう。

しかし、やることは一つ。

「やり返せ。殺さず、兵に突き出せ。だが、向こうがこちらを殺す気ならば、後で報いを受けさせせろ」

「「御意！」」

俺の言葉に、従業員たちは一斉に頭を下げる。

それはまるで、統率《とうそつ》された軍隊のような洗練《せんれん》された動作だった。

フィーネたちが「なに、この完璧《かんぺき》な動きは……」と呟いていたがスルーだ！

「さて、最後の準備に取り掛かれ！」

「「「はっ！」」」

準備は順調に進み、開店数分前。

店前には、開店を今か今かと待つ行列ができていた。

平民だけでなく、貴族の使いらしき者もいる。

それどころか、貴族本人が来ているのだろう、馬車まであった。

従業員数名に列の案内をさせていたのだが……さっそく問題が起きた。

「ワシを先頭に並ばせろ！　貴族だぞ！」

列の後ろの方から、そんな声が聞こえたのだ。

そちらに目を向けると、そこにいたのはそれはそれは肥《こ》えた豚《ぶた》――もとい太った中年男性だった。

「この商会の責任者はどこだ！　そこのメイド、ワシは子爵《ししゃく》だぞ！」

怒鳴《どな》られた従業員は冷静に対処にあたる。

並んでいる他の者たちは、関わりたくないとでもいうように、距離をあけて並んでいた。

「申し訳ございません。我が商会では貴族平民関係なく、お客様を平等なものと考えております。お客様お一人だけ、特別扱いをすることはできません」

メイドはそう言って丁寧に頭を下げる。

だがそれで素直に頷くような奴なら、そもそも騒いだりしない。

「平民ごときが偉《えら》そうな態度を！　ワシの力があれば、こんな商会いつでも潰せるんだぞ！　早く先頭に並ばせ――ッ‼」

威勢《いせい》よく騒いでいた豚子爵だが、急に口を閉じた。

どうやら俺が放った威圧に気付いたらしい。

「うっ……」

顔を真っ青にして震える豚子爵へと、俺は近づいていく。

「黙れ」

その言葉に、豚子爵は青から赤へと顔色を変えた。

どうやら怒りが恐怖を凌駕《りょうが》したらしい。

「貴様、私を誰だと思っている！　そんな態度を取って許されると――」

「黙れと言っているのが分からないのか？　子爵らしいが、そんな身分は俺のこの商会には関係ない……だいたい、貴族の癖《くせ》にこの店の経営が誰か、俺が誰かも知らないのか？」

俺はそう言って冒険者カードを取り出す。

取り出した冒険者カードの色は漆黒。そこに記載されている文字は『ＥＸ』。

それを見た豚士爵は、再び顔を青く、それどころか真っ白にする。

「ま、まさか、きさ——あなたがあのEXランク冒険者、魔王ハルト……」

「誰が魔王だ！」

思わず突っ込んでしまった。

並んでいる客も、「あれがあの……」「魔王の店って本当だったんだ……」なんて言い始めてしまった。

いや、突っ込んだら負けだ。

俺は思考を切り替えて、豚子爵を見つめる。

「それにこの店を潰す？　できると思うか？　陛下直々《じきじき》に了承《りょうしょう》を貰った商会だぞ？」

「陛下直々……」

そこまで言って、ようやく豚子爵は状況を完全に理解したのだろう。

膝をつき、頭を下げる。

土下座《どげざ》をしようとしているらしいが、腹がつっかえてしまって到底土下座とは呼べない有様だった。

「ど、どうかお許しください！」

「はぁ、分かったならいい。しっかり並ぶか、恥ずかしいなら帰ることだ——お並びの皆様、ご迷惑《めいわく》をおかけしました。開店までもうしばらくです。しばしお待ちください」

俺がそう言って他の客に頭を下げている途中、豚子爵がそそくさと去っていくのが見えた。

客からかけられる「よっ、魔王様！」や「流石最強の冒険者！」なんて声に心の中で突っ込みながら、俺は店の中へと戻るのだった。


そして間もなく、開店の時間を迎えた。

「長らくお待たせいたしました。只今《ただいま》から開店となります。今日から四日間は開店セール、様々な商品をお値引きさせていただきます。是非お手に取ってご覧ください！」

ベナークの開店の合図と共に、店内に客が入っていく。

そこからは怒涛《どとう》の勢いだった。セールだからか様々な品が消えるように売れていく。

開店から四時間経《た》ち、時刻が十三時を回っても、客足が途絶《とだ》えることはない。便座は今日の分として出していたものはすべて売り切れ、他の商品も順調に数を減らしていった。

それからさらに四時間経ったところで、今日は閉店となった。

「本日の販売は終了となります。明日も同時刻からの販売となります。また起こしください！」

ベナークのアナウンスで客が店内から出て行き、ようやく営業終了だ。

休憩時間を取るのも難しいほど忙しかったな。

俺はいったん皆を集める。

「皆、お疲れ様。予想通り、というかそれ以上の客が来た。開店前のトラブルと、あとは細々したこともあったが、最高の出だしだったと思う。皆のお陰《かげ》だ。この調子であと三日間も頑張っていこう！」

「「「はい！」」」

俺の話が終わると、閉店作業が始まる。

そんな中、満面の笑みを浮かべたフィーネが話しかけてきた。

「ハルトさんお疲れ様です。賑《にぎ》わってましたね！」

「だな。だがまだ始まったばかりだ」

「そうよフィーネ。まだ始まったばかりなんだから！」

アイリスがない胸を張りフィーネに言う。

なんで先輩面《づら》してるんだ？　とは思うが、アーシャが「姫様も裏で頑張ってましたね」と褒めるものだから、ますます調子に乗ってしまっていた。

クゼルは……あ、疲れ切って椅子で寝てるな。

それが微笑ましくて笑っていると、鈴乃が肩を叩いてきた。

「流石にこの世界でアレは反則でしょ……お客さんみんな『魔王様はとんでもない天才だ！』なんて喜んでたし、全部晴人君が考えて作ったって思ってるよ」

「売れりゃいいんだよ。それに、この商品のアイデア元を知ってるのはクラスメイトたちだけで、この世界では誰もこれを作れないだろ？　こいつの存在を知ったら、喜びこそすれ文句を言う奴はいないだろ」

「それはそうなんだけどさ、なんかせこいなぁ……」

鈴乃は呆れたように見てくる。

そんなに間違ったことを言ってるつもりもないんだけどな～。

そんな話をしていると、フィーネが話しかけてきた。

「ハルトさん」

「どうしたフィーネ？」

「あの貴族ですけど……このままにしておいていいんでしょうか？」

フィーネが言っているのは、今朝《けさ》の豚子爵のことだろう。

「何かしてくるってか？」

「はい。今日は何もありませんでしたが……」

まあ、フィーネの心配ももっともだな。

「そうだな、明日ディランさんに商品を届けに行くから、その時に報告してみるよ」

「お願いします」

「任せとけ」

心配性なフィーネの頭を撫でてやる。

するとそれをアイリスに目撃されてしまい、自分も撫でろとねだられ……そこから鈴乃、エフィル、オマケでアーシャの頭を撫でてやる羽目になるのだった。


二日目の営業後、俺はディランさんの元を訪ねていた。

納品のついでにフィーネが不安視していた豚子爵のことを報告したところ、すぐに誰のことか分かったようだった。

「あいつか」

「容姿《ようし》の情報だけで名前も言ってないのに分かるって……過去にも何かやらかしてるのか?」

「ああ、名前はブータ・バークシャ。バークシャ家は子爵の割には昔から羽振《はぶ》りが良く、裏でこそこそしてるみたいなんだが、尻尾が掴めなくてな……」

王家の力でも情報を掴めないって、なかなかやるな。

てか、名前が完全に豚だな。

「そうか。気を付けておくとするよ」

「ああ、何かしでかしたら報告してくれ。すぐに捕《と》らえる」

「はいよ」

ということだった。

そのことを皆に報告したところ、十中八九何かしてくるだろう、ということで意見が一致した。

正直かなり面倒だが……まあ、いつも通りなんとかなるだろう。

◇　◇　◇

「早くあの商会をなんとかしろ！」

薄暗い部屋の中、フードを被《かぶ》った七つの影が、円卓を囲っていた。

そのうちの一人の男が、テーブルをバンッと叩く。

「そう言われましてもねぇ～……陛下の息がかかった商会を潰すのは骨が折れますよ」

「商品も、品質は高いがその分価格も高く、適正と言えるだろう。必要以上に安売りしていないのは、周囲に配慮していると言えるのでは？」

「この一週間、とりあえず様子見《ようすみ》をと思っていたが、奴らの開店セールのせいで、うちの売り上げは落ちたぞ」

「それはあくまで一時的なものではないか？　それに、あの商会の便座は使い心地がよかった。あの商品を前面に売り出すのならば、近いうちに大商会と呼ばれることになるだろうな……そうなれば他の商売にも手を広げ、我々の邪魔になることは間違いないだろうが」

「確かに。アレは革新的《かくしんてき》すぎる」

「一度使ったらもう戻れないな」

「貴様ら、買ったのか⁉ いや、それはいい。誰かあの商会をなんとかしろ！」

最初の男がテーブルを叩き、ダンッと音が響く。

「落ち着け若造。あの商会の創設者はあのＥＸランク冒険者なんだ。陛下など関係なしに、下手に手を出せばこちら側が潰されかねん」

「ぐぎぎっ」

男は拳を強く握り、部屋は静まり返る。

そこに一人が口を開く。

「――暗殺集団『コブラ』を使おう。奴らは腕利《うでき》きだ、相手がＥＸランクとはいえ、常に警戒状態というわけではないだろうし、成功するだろう」

「おお！ それなら確実だな！」

ざわめくフードの男たち。

しかし彼らは知らない。

コブラが以前、王女アイリスを暗殺しようとして複数の構成員を送り込んだが、他ならぬハルトによって撃退《げきたい》されたことを。

その際、生き残りは下《した》っ端《ぱ》だったにもかかわらず、コブラの名前も雇い主の名前も吐かなかったので、ハルトたちはコブラの存在を知らない。

一方で、コブラはハルトを警戒し、敵視しており、復讐に燃える彼らは、ハルトを潰すために全力をあげるだろう。

しかしそんなことを露《つゆ》も知らないフードの男たちは、互いに顔を見合わせる。

「……では、誰が依頼するのだ？」

長い沈黙《ちんもく》。だがその沈黙を、一人の若い男性が破った。

「私がやろう」

「……そうか。くれぐれも我々のことはバレないようにしろ。分かっているな？」

「無論だ」

もし情報が漏れれば殺されることになる。それくらいは分かっていた。

「では準備が整い次第、即座に決行する」

「分かった。相手は最強の冒険者だ。くれぐれも注意しろ」

「分かってるさ」

すべての者が席を立ち、腰の剣を中央に掲《かか》げて言葉を紡《つむ》ぐ。

「「「「「かの者に死の災《わざわ》いを‼」」」」」

第13話　備えるに越したことはない

営業開始から一週間が経ったその日、俺は屋敷で緊急《きんきゅう》ミーティングを開いていた。従業員だけでなく、セバス、ライラ、ミア、ゼロたち屋敷の使用人と、天堂たち勇者にも集まってもらっている。

「急に集まってもらってすまない。伝えておかないといけないことがあってな」

俺は営業初日の朝にあった事件と、その子爵が厄介な人物であること、場合によっては襲撃があるかもしれないことを皆に伝える。

「すぐに嫌がらせが始まるだろうと考えていたが、今のところ何も起きていない。この一週間は俺が店にいたから、何か起きても対処できると思い何も言わなかったが、これからはそうもいかない。だから改めて注意をしてもらいたく、今日この場を作った」

当然その場はざわつくが、俺はそれを手で制した。

「不安なのは分かるが、お前たちの目の前にいるのは誰だ？」

俺の言葉で静まり返る室内。

「俺が殺される心配はない。店に襲撃があるかもしれないが、お前らは十分に強い。己の身を守る事も教えた」

間をあけてから続ける。

「お前たちに言うことは一つ——敵に容赦するな！　以上だ」

俺が言い終わると、従業員たちは「御意っ」と力強く返事をする。

その場はそこで解散となり、従業員には宿舎に戻ってもらう。

その後俺は、フィーネ、アイリス、セバス、ライラ、ミアの六人で話し合いをすることにした。

セバスは元Sランク冒険者だし、ライラとミアは元暗殺者だ。この国の裏側のことや暗殺のことに詳《くわ》しいはずなので、この話し合いには参加してもらった方がいいからな。

「それにしても、この一週間何もないのは拍子抜けだったな。本人が乗り込んでこない以上、裏で何か準備をしているってことだとは思うが……セバス、もし仮に、連中が俺を暗殺するとなったら、差し向けてくる刺客に心当たりはあるか？」

「そうですね……暗殺を生業《なりわい》とする者は数多くいますが、今回襲撃があるとしたら……暗殺集団コブラでしょうか」

「コブラ？」

「はい。巨大な暗殺者の組織で、国でもその全貌《ぜんぼう》は掴み切れておらず、最重要犯罪集団としてマークされています。末端《まったん》の構成員はそれほどではありませんが、幹部《かんぶ》は実力者揃いで手強《てごわ》い組織です」

へえ、そんな組織があるのか……ん？

「もしかして、セバスはコブラと戦ったことがあるのか？」

どこか悔しそうな口調だったので、そう聞いてみる。

するとセバスは、目を伏せて答えた。

「……はい。私がSランクに上がったばかりの頃、アジトが見つかったという話があり、討伐《とうばつ》隊に参加したのです」

「なるほど、そこで戦ったのか」

「はい。ですがそこはダミーのアジトで、討伐隊を迎え撃つために、幹部が待ち構えていました。激闘《げきとう》の末に倒しましたが、その際に仲間が……」

「すまない、つらいことを思い出させたな」

「とんでもないです。ですが戦うとなれば、私も同行しても？」

「もちろんだ……それにしても、コブラはそれほどまでに強いか」

俺は即答する。

「はい。数十年前の話、しかも私はSランクになりたての若造でしたが、かなり苦戦しました……今はどの程度か分かりませんが、油断はできません」

「それだけ聞ければ十分だ。ありがとう」

なるほど、幹部でSランク相当か……今の皆には、ちょっと荷が重いかな？

実際にコブラと戦うことになったら、ゼロも同行させた方がいいだろうな。

と、考えていたところで、扉がノックされた。

「ハルト様、よろしいでしょうか」

「ああ、構わないぞ」

扉を開けて入ってきたのは、そのゼロと、ノワールだった。

「風呂の用意ができましたので、お声掛けに参りました」

「ありがとう、ゼロ……ところでセバス、今のゼロは執事として何点だ？」

「そうですね……九十点といったところでしょう。ほぼ完璧と言っていいでしょう」

お、意外と高評価だ。

「だ、そうだぞゼロ」

ゼロは「とんでもない！」と言いたげな表情をしている。そんなに意外だったのだろうか？

「我――いえ、私は執事としてまだまだ未熟者です」

言葉遣いまで直してるのか、かなり本気度が高いな。

ゼロの登場で空気が緩んだところで、俺は改めて指示を出すことにした。

「ライラ、ミア、ノワールに仕事だ。コブラと豚子爵の情報を洗いざらい調べろ」

セバスの言葉を逆に考えれば、コブラ以外の相手は、警戒さえしっかりしていれば問題ない。

しかしコブラについては、情報を探り、最大限の警戒をしておいた方が良いだろう。

国でも手を焼いているという話なので、なんだったら、そのまま潰してしまってもいいかもしれないな。

やられる前に、危険な芽《め》は摘《つ》んでおいた方がいいだろう。

俺の言葉に、ライラとミア、ノワールはすっと無表情になる。

「はっ。では、明朝までに調べて参ります」

代表してライラがそう答えた。

「頼んだ」

元暗殺者に、元暗部。

三人とも、諜報活動にはうってつけだ。

「そうだ。これを」

俺は思い出し、収納から真っ黒な服を取り出した。

「ハルトさん、これは？」

フィーネが気になったのか、ライラたちよりも早く聞いてきた。

「これは三人用に製作した戦闘用メイド服だな。魔力による自動サイズ調整、修復《しゅうふく》機能付きで、動きやすさは普段のメイド服と比べ物にならないはずだ。ただの鉄の剣なら、一切通すことはないだろう」

　三人に渡す。

「ありがとうございます。このライラ、ハルト様に一生の忠誠を誓わせていただきます」

「同じくミアも、忠誠を誓わせていただきます」

　跪きそう告げる二人。

　既に忠誠を誓っているノワールも、その隣で同じように膝をついている。

「それでは、私もですな」

　するとセバスも同様に、跪き頭を下げた。

「その思いを受け取ろう。これからもよろしく頼む」

「「「「御意」」」」

　そうだなー、せっかくだし、四人に何かあげたいんだが……

　何が良いかな、と考えたところで、俺は収納の中から武器を取り出した。

「これをお前たちに渡そう」

　そう言って差し出したのは、短い片手剣を六本と、一本の長い片手剣だ。

　どれも俺が以前製作した武器である。

　ライラ、ミア、ノワールには、短い片手剣をそれぞれ二本、セバスには片手剣を渡す。

「ライラにミア、ノワール、頼んだぞ？」

「「「御意っ」」」

三人は力強く頷くと、さっそく部屋を出て行った。

その日の夕食後、皆でお茶を飲みながらまったりしていると、クゼルが俺を凝視《ぎょうし》しているのに気付いた。

これは……どうせ模擬戦がしたいとか、そういうことだろうな〜。

何となく予想できるのだが、一応聞いてみた。

「いや、なに。ここ最近、天堂殿たちだけでなく、ゼロやセバスとも鍛錬をしていてな。どのくらい強くなったか確かめるために、私と模擬戦をしてほしくてな……商会の方が忙しいのは分かるのだが、どうしてもハルトと勝負がしたい」

俺の予想は見事的中した。

まあ、俺が店を手伝う必要はもうないと思っている。

初日に比べると、従業員の皆も接客に慣れてきたのか、かなりスムーズに仕事をこなすようになっていた。

明日はとりあえず、従業員だけで店を回してもらおうかな。

「そうなのか。なら明日やるか？」

俺がそう言うと、クゼルは目を輝かせる。

「本当か!?　頼む！」

「お、おう。フィーネとアイリスもやるか？」

勢いに若干引きつつ、俺は二人にも模擬戦をするか尋ねる。

「はい！　やりたいです！」

「私もよ！　とっておきの技を見せてやるんだから！」

「晴人君、私もやりたいな！」

フィーネ、アイリス、さらに鈴乃まで乗り気のようだった。

ついでにとゼロにも尋ねてみる。

「ゼロはどうする？」

「では、是非お手合わせを」

まあそうなるよな。

だがここで、ある問題が発生する。

俺とゼロが模擬戦をするとなると、庭が滅茶苦茶《めちゃくちゃ》になってしまう可能性が高いのだ。

「……地下に闘技場でも作るか」

天堂たちや従業員たちも使えるし、作った方が良いよな。

俺はそう決めると、さっそく立ち上がる。

「え？　作るの？　今から⁉」

アイリスの問いに俺は頷いた。

「俺とゼロが庭で模擬戦なんてしてみろ。王都が半壊《はんかい》するぞ？　お互いに全力で戦ってる最中、うっかり結界が解けたら大惨事《だいさんじ》だろ」

「な、なるほど……」

俺の言葉に、全員が納得してくれた。

「さて、思い立ったらすぐ行動しなきゃな……ってことで、俺はこのまま地下を改造してくる。皆は適当に過ごしてくれ。また明日お披露目することにするよ」

俺はそう言って、部屋を出るのだった。


屋敷の地下に向かった俺は、どうするかと顎に手を当てる。

今ある地下の部屋はどれも使っているので、ものをどかすのも面倒だ。

となれば、もう一階分地下を掘《ほ》ってもいいが、そもそもスペースの問題がある。どこまで掘り広げていいものか……

と、そこで俺はあることに気付いた。

地下に続く階段を作って、ある程度下りたところに扉を作る。

その扉を開くと、亜空間に繋がって広々とした闘技場がある……という形にすればいいのだ！

誰かが中に入って迷子《まいご》にならないように、扉は魔力認証式で、設定された者の魔力でないと開かないようにすればいい。

さっそく俺は、亜空間と、そこに繋がる扉を作り出す。

魔力の認証機能もサクッと作り、あとは亜空間内のデザインだな。

魔力を込めればどこまでも広くなるが、そこまでやる必要はない。

闘技場は一辺五百メトルの正方形、その周囲に観客席を作り、最大限の硬化を施した後、結界を張る。

これならよほどのことがない限り、客席に被害が及《およ》ぶことはないだろう。

明日の皆の反応が楽しみだな。


翌日早朝。朝食の前に、ライラとミア、ノワールから、コブラと豚子爵に関する報告が入った。

さっそく皆を集め、報告を聞く。

食堂に全員が揃ったところで、まずライラが口を開いた。

「ハルト様、この王都に幾《いく》つの大商会があるかご存知ですか？」

ある程度の大きさと影響力を持つ商会になると、大商会と呼ばれるようになる。

「あぁ、たしか二十弱じゃなかったか？」

俺の答えにミアが頷く。

「正解です。正確には十八ですが」

「ふむ」

それがどうかしたんだろうか。

「その中にバークシャ子爵の経営する商会もあるのですが、調査の結果、その商会や伯爵《はくしゃく》が経営するものを含む、七つの大商会に繋がりがあることが判明しました。それ自体はそこまでおかしなことはないのですが、どうやら邪魔になりそうな店があると、営業妨害をして潰すことがあるようです。その手口の中に、コブラを利用したのではと思われるものがありまして……」

豚のやつ、伯爵とも繋がっていたのか？

「伯爵の名前は？」

俺の問いにはミアではなくライラが答えた。

「アルミュット・バラゼルという人物です」

「そいつの商会の名前は？」

「バラゼル商会ですね」

なるほど……

「おそらく七つの商会を束《たば》ねるボスは、立場からしてそのアルファベットとかいう奴だろうな。その商会のどれか、あるいはすべてがコブラと繋がっているとみて間違いないだろう」

「「「アルミュットです」」」

ライラとミア、ノワールが同時に名前の間違いを訂正《ていせい》するも俺はスルーする。

「うちの店の売り上げは順調に伸びている。最初は静観《せいかん》していたかもしれないが、豚子爵の件もあるし、そろそろ何か仕掛けてきてもおかしくないはずだ」

「私も同意見です」

フィーネが俺の意見に頷いてくれる。

「先手《せんて》必勝でこちらから仕掛けるか、罠《わな》を張るか……迷うところだな」

俺がどちらが良いか考えていると、セバスが口を開く。

「罠を張った方がよろしいかと」

「理由を聞いてもいいか？」

「はい。相手は腐っても貴族。しかも明確な証拠《しょうこ》はまだありません。こちらから仕掛けるのは、流石に悪手《あくしゅ》かと思います。であれば、罠を張った方が得策かと。襲撃者を捕まえ、黒幕を吐かせれば、大義名分もできますから」

たしかにセバスの言う通りだな。

《私もセバスと同意見です》

　エリスもか。ならそうしよう。

「よし、罠を張ることにしよう」

「どんな罠をお考えで？」

　セバスが尋ねてくる。

「そうだな、守るべき立場があるハゲテッゾ伯爵が最初に動くということはないはずだ。もし失敗したら、いきなり自分が裁《さば》かれることになるからな」

「「アルミュットです。わざとですか？」」

　もちろんスルーだ。

　なにやらライラたちのこめかみがピクピクしているようだが気にしない。

「……繋がっているとすればコブラを動かすだろう。狙いとしては、うちの目玉商品である便座の製作技術強奪《ごうだつ》か、従業員を殺して生産速度を落とす、あとは手っ取り早く俺を殺す――とかかな」

　俺の言葉に、全員が頷く。

「アシュタロテ商会にとって一番ダメージが大きいのは、ハルト様の暗殺でしょうか」

「そうだな、特に豚子爵は俺にメンツを潰されているから、殺したくてたまらないだろうし」

なんでそんな命のかかった重大なことを簡単に言うんだ、とでも言いたげにフィーネが見てくるが、こちらもスルー。

「そうだな……策って言えるほどでもないんだけど、俺が一人で裏路地《うらろじ》とかに入っていけば襲ってくるんじゃないか？」

「それは危険――ではないですね。暗殺者が警戒せずに襲いかかってくれればいいのですが」

ライラがそう言うと、他の面々もうんうんと納得する。

……なんか全然心配してくれないし、襲いかかってくれればいい、って主人に対して酷すぎない⁉

誰かに心配されたいと思い、少し泣きそうになるのだった。


その後、朝食を取った俺たちは、地下闘技場に向かった。

せっかくなので、ゼロとセバス、ライラ、ミア、ノワールたち使用人も連れていく。

ゼロを除く四人は、俺の亜空間のことを知ってはいるはずだが体験したことはなかったので、目ん玉が飛び出んばかりに驚いていた。

ゼロも自身が同じような空間を作っていたにもかかわらず、驚いている様子である。

「ハ、ハルト様。とても大きいですね？　それに地下なのに空が……」

「ん？　まあ、ちゃちゃっと作り上げた別の空間だからな」

「「「「そんな簡単に言うことじゃないです！」」」」

ノワールの質問に答えただけなのだが、ツッコミを入れられた。

とはいえ、フィーネたちは既に俺の亜空間の能力について知っているのでそこまで驚いておらず、苦笑するだけだった。

こうもリアクションがないと、これはこれでちょっと寂《さび》しいな。

けっこう頑張ったのに……


セバスとライラ、ミア、ノワールの四人は、仕事があるからと地上に戻っていった。

「さーて、やるか？」

「そうね、早くやりましょ！」

アイリスが張り切っているが、昨日約束した順番は守らないとな。

「悪いが、先にやるのはクゼルからだ。約束していたからな」

「……それもそうね、待ってるわ」

アイリスはあっさりと引き下がってくれた。

俺は申し訳ないと思いつつ、クゼルの方を向く。

「どうだ、準備はできたか？」

「無論！　既に体が火照《ほて》ってしょうがない！　さあ、抜くのだ！」

クゼルの発言は少々あれだが、試合をしたくて仕方がないようだ。

元々が戦闘狂だから、と納得することにする。あれでよく副騎士団長をできていたな、と不思議でしょうがない。

ふと、ボロボロの姿で地面に倒れている部下の騎士と、両手を腰に当てて高らかに笑うクゼルの姿が思い描かれた。

……うわあ、目に浮かぶな。

俺は思考を切り替えて、異空間収納から鉄の剣を取り出す。

愛刀を使ったら、死人が出かねないからな。

クゼルはそれを分かっているのか、何も言わずに俺に背を向けて闘技場の中心へと向かう。

なんかプルプルしてるけど……怒らせた、とかじゃないよね？　武者震いだよね？

ちょっと怖いな、と思いつつ、俺はフィーネたちの方を向く。

「皆は観客席の方で見ていてくれ。アイリス、これの次はアイリスとやるから、ちょっと待っててくれ」

「ええ、流石の私でも順番くらいは守るわよ。ありがとう、ハルト」

アイリスはニコッと笑って、皆と一緒に観客席へと移動する。

全員が移動して観客席に座ったのを確認してから、俺も中央へ向かい、武器を抜いてクゼルと対峙した。

「いつでも大丈夫だ——と言いたいが、この場に立った瞬間から試合は始まっている……そうだろう?」

「ああ。もちろん——だっ!」

クゼルが物凄い速度で接近する。いきなり身体強化を使ったのだろう。

以前模擬戦を行った時の、倍近いスピードが出ている。

クゼルが逆袈裟《ぎゃくげさ》に斬りかかってきたのを、俺は後ろにステップして回避したのだが……

「って、斬撃かっ!」

魔力が斬撃となって飛んでくる。

「この距離で避けられるものか!」

たしかにクゼルの言う通り、普通の人は避けられないだろう。だが——

「驚いたけど、俺が避けられないとでも?」

俺は天歩のスキルで空中を踏み、一気に飛び上がって斬撃を避ける。

「だが上空では身動きが取れ——なっ⁉」

着地点を割り出し、クゼルが剣を振るうが、その剣が俺に届くことはない。

「おいおい、そんな簡単に食らってやるわけがないだろう」

俺は天歩でさらに空中に駆け上がり、クゼルを見下ろしていた。

「くっ、ならば——」

悔しそうな表情を浮かべるクゼルの持つ剣に、炎が纏わりつく。

「食らえ、ファイヤースラッシュ！」

振り下ろされた剣から、炎の刃が俺目がけて飛来する。さっきの斬撃の炎バージョンみたいなものだな。

ならばと、俺は水を剣に纏わせて飛来する炎の刃目がけて振るう。

「——ウォータースラッシュ！」

炎の刃と水の刃が衝突《しょうとつ》し、双方《そうほう》が消滅した。

それでもクゼルは止まらない。

「——ファイヤーボール！」

すると数十はあるファイヤーボールがクゼルの近くに出現する。

お、まさかあの数をコントロールできるようになったのか？

「いけ！」

クゼルの言葉を合図に、ファイヤーボールが俺目がけて飛来する。

しかも、いくつかは不規則な動きをしていて、明らかにクゼルによってコントロールされているのが分かった。

しかし俺は天歩を駆使《くし》して、火球を躱し、剣で切り、拳で殴り消滅させていく。

だが俺がそうしているうちにも、クゼルはさらにファイヤーボールを生み出し、撃ち出してくる。

このままではキリがないので、俺は地面に着地した。

「それを待っていたぞ！」

着地した瞬間クゼルが叫ぶと、待機させていたファイヤーボールと、追尾《ついび》していたファイヤーボールが俺目がけて殺到《さっとう》する。

「甘い！　――ウォーターウォール！」

俺を中心に水の壁《かべ》が張られる。そこに飛来したファイヤーボールが次々と当たっては消滅してを繰り返す。

ファイヤーボールがすべて消え、ウォーターウォールを解除すると――スキル狂人化とユニークスキルのトランスを使ったのだろう、暴走状態のクゼルが突っ込んできた。

どちらのスキルも似たようなもので、理性を失う代わりに、全能力がアップするというものだ。

そのため、スピードは先ほどよりもさらに上がっていた。

マジかよ⁉

氷を纏わせた剣で受けとめるも、スキルとユニークスキルの二重がけによって、予想以上のパワーになっていた。

予想外にも押されそうになり踏ん張ったところで、剣の重みが消えた。

クゼルが剣を手放したからだ。

「なるほどな、そう来たか！」

俺も咄嗟に剣を手放し、顔面まであと数センチと迫っていたクゼルの右拳を右手で逸らす。

そのまま手首を掴み、足を引っ掛けて転ばせた。

「そろそろ終わりにしようか。他の人が待ってるからな」

「く、そ……」

そして仰向《あおむ》けで倒れているクゼルの腹に、そのまま掌底《しょうてい》を打ち込み、気絶《きぜつ》させたのだった。

気絶したクゼルは、回復魔法をかけてしばらくすると目を覚ました。

「ダメだ。ハルトには勝てる気がしないな」

「何言ってんだ。何度か驚いたんだぞ？　剣を手放して近接格闘に持ち込もうとした時とか」

「そうか。実は一瞬だけ、暴走状態から意識が戻った時があって、それがあのタイミングだったんだが」

暴走状態から意識を取り戻すって……俺にはできない気がする。

「それ含めて色々と驚かされた。また一層強くなったな」

「それが聞けて良かった。それと回復してくれてありがとう。また機会が作れたら、手合わせをお願いするよ」

「いつでも待ってる。お前とやると色々学ばされるよ」

「そうか。そう言ってもらえると嬉しい」

そう言ってクゼルは観客席へと向かった。

クゼルと交代でアイリスとフィーネ、エフィル、鈴乃が来た。

「ん？　四人相手か？」

「もちろんよ！　私はまだ弱いからね」

「そうですね。なので四人で戦わせていただきます」

俺の言葉に答えたのは、アイリス、フィーネ。

そしてエフィル、鈴乃も口を開く。

「ハルトさん。お願いします」

「晴人君、私たちの連携甘く見ちゃダメだからね！」

「おう。期待してる」

こうして試合が始まり――十五分で終了した。

結果は俺の圧勝。

ただ、鈴乃の言う通りだった。

前衛のアイリス、フィーネに後衛のエフィル、鈴乃。

かなり連携が上手かった。

動こうとすると魔法が飛んでくる。魔法攻撃に備えると前衛の攻撃が来る。

これは俺にとっても良い練習になった。

天堂たちとも模擬戦をしたが、こちらも十五分程度で決着がついた。

回復役の鈴乃が抜けての戦いだったが、そこは天堂が中衛《ちゅうえい》の剣士兼ヒーラー、最上が前衛の壁役、東雲が前衛の遊撃、朝倉が後衛と、バランスよい戦い方になっていた。

迷宮に行ったおかげか、思い切りのいい攻撃と連携が増えていて、かなり強くなっていた。

残るはゼロとの試合だが……傍から見れば化け物同士の戦闘だったに違いない。

一撃一撃に必殺の威力が込められており、フィーネたちからすればかすっただけで即死亡。そんな攻撃が飛び交うこととなった。

いくら観客席が結界に守られているとはいえ、あんな至近距離で見ているのはもはや恐怖でしかないはずだ。

余波《よは》だけで空気が揺れ、結界に振動が伝わっていたせいか、後半からは全員の頬が引きつっていた。

第14話　作戦決行

翌日の夕食後、俺は全員を集めて、作戦を決行することを伝えた。

昨日の夜あたりから、俺の気配察知と魔力察知に反応があり、俺を監視している者がいることが分かったのだ。

とはいえ隠密系のスキルレベルが高いのか、反応は非常に微弱だった。もしノワールたちが調査してくれなかったら、勘違《かんちが》いだと思い込んでいただろうな。

そんなわけで、さっそく今夜、作戦を決行しようと思っているのである。

今回の作戦は至って簡単。

俺が囮となって、丸腰のまま裏路地に入る。その後、襲いかかってきたところを俺と隠れていたメンバーで叩き潰して、依頼主や黒幕について吐かせる……というものだ。

もし商会やコブラに関わる奴だったら、そのまま乗り込んで殲滅しようと思う。

……なんか単純すぎて、作戦と呼べるほどでもない気がしてきたけど、まあいいだろう。

「今回の作戦は、俺とゼロ、セバスの三人のみで行う。襲いかかってくる奴がコブラの幹部レベルだった場合、それ以外のメンバーだと勝てない可能性があるからな。怪我をさせたくないってのもあるから、理解してくれ」

「「了解です」」

同じデザインの執事服に身を包むゼロとセバスが、優雅《ゆうが》に一礼する。

ゼロはすっかり執事が板に付いたようだな。

フィーネたちも、素直に頷いてくれる。

「ゼロ、セバス。二人は俺から離れて監視してくれ。もし刺客が釣れたら、尋問《じんもん》のために一人残して、それ以外は処分しよう」

「了解しました。ハルト様」

「よろしく頼むぞ……店の方はどうなってる？」

「現在ノワールが監視をしております。あの者の実力であれば、よほどのことがない限り対処可能だと思います。何かあれば知らせに戻ってくるでしょう」

「なるほど、それなら安心だな」

どうやらノワールと仲良くなってきたらしいエフィルが、どこか誇《ほこ》らしげだ。

「それじゃ、そろそろ行ってくるよ。皆、留守を頼むな」

「ハルトさん」

そう言って出発しようとした俺を、フィーネが呼びとめた。

「どうしたフィーネ？」

「あの、大丈夫だとは思いますが、気を付けてくださいね」

「ああ、心配するな。無事に帰ってくるよ……ゼロ、セバス、行くぞ」

「「御意」」

ゼロとセバスを連れ、屋敷を後にする。

とりあえずは店に向かうことにした。

少し遠いが、俺を監視している連中も付いてきているようだ。それに……数が増えたか？

もしかしたら、本気で今日のうちに罠に引っ掛かるかもしれないな。


店に到着すると、すぐにブビィが俺に気付いた。

今日の営業は終了しているが、商品の整理や帳簿《ちょうぼ》の記入をしていたようだ。

「旦那！」

「売り上げはどうだ？」

ブビィはニヤリと笑みを浮かべる。

「今日も大繁盛《だいはんじょう》ですよ」

「そうか。そういえば新しい商品があるから、設計図と説明書を渡そうと思うんだが……

奥の部屋は空《あ》いてるか？」

「ええ、もちろんです！」

部屋に入って席に着くなり、俺は新商品について書かれた紙を渡す。

受け取ったブビィはさっと内容に目を通し、驚きの声を上げた。

「こ、これは……小型魔道冷蔵庫、ですか⁉　ここまで小型化できるものなんですね！」

一応この世界にも、冷蔵庫はある。

しかし必要な魔石が大きいため、かなり高価になってしまう。加えて、そもそも冷蔵庫自体が大きいという問題があるため、王城や貴族の屋敷、それから一部の料理店や商店にしか置いておらず、一般には普及《ふきゅう》していないのだ。

しかし今回の冷蔵庫は、元の世界で言うならば少し大きめのファミリー用くらいのものと、一人暮らし用くらいのコンパクトなものだ。

さらに回路を効率化しているため、小さい魔石でも製作可能で、大幅なコストダウンに成功している。

「一度これで作ってみて、完成したら見せてくれ。問題ないようだったら量産して、その後販売開始だな」

「分かりました。価格の方はどうなさいますか？」

「小さい方は大銀貨八枚、大きい方は金貨五枚ってところだな」

「そうですね、大きいサイズのものは、それなりに大きい魔石が必要になるので、そのくらいが妥当かと思います」

「ああ。それじゃあ俺はそろそろ行くよ。少しばかり、懲《こ》らしめないといけない奴がいてな」

「……なるほど。今日ですか。お気を付けて」

ブビィは俺の言葉で、作戦が今日だと察したのだろう。

俺は部屋を出ようとして、ふと思い出してゼロとセバスに指示を出す。

「二人は他の従業員に紛れて、気配を消して裏口から出てくれ。その後、姿を隠すように。ブビィはわざとらしくない程度に、俺を外まで見送ってくれ」

「「御意」」

「分かりました、それではこちらへ」

ブビィに見送られ、店の建物から出る。

「――さて、それじゃあ作戦開始だな」

俺は小さく呟き、屋敷に戻る道を歩き始める。

途中、寄り道する振りをして、人気《ひとけ》の少ない方へと進んでいく。

そして、適当な裏路地を見つけた演技をしてから、そこへ進んでいくのだった。

◇◇◇

そんな晴人から二百メトルほど離れた、建物の上。

「ターゲットが移動した。これより作戦を開始する……さっきまで同行していた執事とは別れて完全に一人になったな」

闇夜に紛れるよう、黒い服装と装備で身を固めた男が、周囲にいる仲間へと合図を送る。

「以前の王都の危機を救った光景をここから見たが、あの魔法の威力は流石EXランクとしか言いようがない。だが、これだけの人数で、意識の外から集中攻撃を浴びればひとたまりもないだろうよ」

その言葉に、近くにいた仲間も頷いた。

「奴はこの辺の地理には疎いらしい。その先は行き止まりだぞ」

「ああ、そこで襲いかかるぞ」

周辺の仲間たちと情報を共有し、移動を開始する刺客たち。

しかし彼らは知らない。

ターゲットである晴人が、自分たちの位置を把握《はあく》していて、誘い出すためにわざと行き止まりの道を選んだことを。

一緒に店から出てこなかった二人の執事が、少し離れた場所に潜《ひそ》み自分たちを監視していることを。

「ん？　なんだ、行き止まりだったのかよ」

そんなターゲットの声が聞こえて、男は合図を送る。

次の瞬間、毒の塗《ぬ》られた矢が、ナイフがターゲットを目がけて飛び、剣を持った人影が姿を現し、ターゲットに殺到するのだった。

◇◇◇

まんまと引っ掛かった刺客たちの攻撃を迎え撃つべく、ファイヤーボールを発動。矢とナイフを焼き払う。

ファイヤーボールをそのままコントロールし、屋根の上から攻撃を仕掛けてきた連中にぶつけてやった。

ほとんどがその場で命を落としたが、ただ一人、火球を躱し地面に降り立った奴がいた。

そちらに気を取られている隙に、剣を持って斬りかかってきた奴もいたが、縮地で接近し格闘術で意識を刈り取る。

地面に降り立っていた奴が、動揺した声を上げた。

「なっ、バレていたのか⁉」

「当たり前だろ。上手く隠したつもりだろうが、俺には気配も殺意もバレバレだ……相手が悪かったな」

「くっ……クソッ！　撤退《てったい》だ！」

その声で、おそらく保険要員として待機していたのであろう数名が、逃げようとする。

だが――

「ゼロにセバス、こいつ以外は任せた」

「「はっ」」

俺の命令で、ゼロとセバスが姿を現し、逃げようとしていた連中の前に立ちはだかって無力化していく。

俺の足元に転がっている連中がまだ生きていることが分かっているからか、容赦なく命を奪《うば》っていった。

俺は俺で、撤退の命令を出したリーダーっぽい奴を捕まえ、当身《あてみ》で気絶させる。

そうしてあっという間に、俺を狙っていた刺客は全滅《ぜんめつ》した。

「見事だ。ゼロ、セバス」

「お褒めに預かり光栄です。我が主の命令とあらば、世界を敵にいたしましょう」

「ほっほっ。私もまだ若い者には負けませんよ」

忠誠心が高い最強の執事と最強の老執事である。

……ていうかゼロ、そんなヤバいこと考えなくていいからな？　それやったら、本当に俺が魔王になっちゃうからな？

「さて。衛兵を呼ぶ前に、聞かなきゃいけないことがあるな」

えーっと、生き残ったのは、二十五人中五人か。

とりあえず、さっきのリーダーっぽい奴を叩き起こして、と。

「おい、起きろ」

「……ん？　き、貴様！」

目を覚ましたリーダーは、咄嗟に立ち上がろうとした。

が、すぐに適当に蹴りを入れて足を折ってやる。

「ぐあああああっ！」

「うるさい、叫ぶな――ヒール」

俺は予定通り、すぐにヒールをかけてやると、しゃがんでリーダーと顔の高さを合わせ、じっと目を見つめる。

「今ので分かったと思うが、お前のスピードじゃ、俺の攻撃は避けられない。そして、俺はただのヒールだけじゃなくて、身体欠損を治す魔法も使うことができる……俺が言っている意味が、分かるな？」

そう問いかけるが、リーダーは俺を睨みつける。

そして再び立ち上がろうとしたので、今度は肩にそっと手を置いてやる。

「――な？」

にっこりと笑みを浮かべて言うと、リーダーは全身から汗を噴き出し、へたり込んでしまった。

「よーし、分かってくれたみたいで嬉しいよ。それで、いくつか聞きたいことがあるんだが……いいかな？」

俺の言葉に、リーダーはコクコクと頷く。

「そうそう、俺、嘘を言ってるかどうかも見抜けるからさ、その辺も考えて喋ってくれよ」

「わ、分かった」

こいつ、分かったとは言ってるが、俺を騙せると思ってるみたいだな……。

せっかくだから、国内最大の暗殺集団とやらの詐術《さじゅつ》がどんなものか、見せてもらうか。

「それじゃあ一つ目。お前たちの雇い主は？」

「バ、バークシャ子しゃ――」

「嘘だな。アルミュット・バラゼルという名に聞き覚えは？」

「な、なぜボスの名前を⁉　まさか貴様、バラゼル伯爵様がコブラのボスだと知っているのか⁉」

ん？　雇い主を聞こうと思って、適当にカマをかけたんだが……なんかこいつ、バラゼルがコブラのボスだってことと、自分がコブラってこと勝手に自白したぞ？

しかし本人は相当切羽詰《せっぱつ》まっているのか、失言に気付いた様子はない。

「……今回の依頼人は？」

「くっ、隠しごとは無駄のようだな……ハーバル商会の代表、ガルバ・ハーバルだ」

どうやら本当のようだ。急に素直になったな。

「そうかそうか、素直に教えてくれて嬉しいよ。それじゃあ次の質問だ。貴様らコブラの構成人数と本拠地《ほんきょち》は？　もう分かっていると思うが、嘘は通じないぞ」

「くっ、俺たちがコブラだということもお見通しか……喋ったら解放してくれるのか？」

いや、お前さっき言ってたじゃん……というか、解放されると思ってるのか？

呆れて黙っていると、肯定《こうてい》と受け取ったのか、ぺらぺらと喋り始めた。

「コブラは全百名。今回は二十五名でお前の暗殺をする予定だった。ボスは慎重《しんちょう》なお方で、仲間である他の大商会の連中にも、自分がボスであることを教えていない。今回はハーバルに依頼をさせていた。拠点の場所は――」

一通り話し終え、リーダーは息を吐く。

「そうか」

「全部話した！　これで見逃して――」

俺は男を気絶させた。

いや、見逃すなんて言ってないし……それに、俺が話を聞き始めた時点でゼロが呼びに行っていた衛兵が、そろそろ到着する頃だ。

予想通り、すぐに衛兵が到着し、惨状《さんじょう》に目を丸くする。

「何事だっ！　ってなんだこれは⁉」

「こいつらは暗殺集団コブラだ。俺を狙ってきたから撃退した。縛り上げて牢屋《ろうや》にぶち込んでくれ」

俺はそう言ってこの場を去ろうとしたが、衛兵に呼び止められてしまった。

なんだよ、ここにもう用はないんだが。

「お前は誰だ？　それが本当なら、なぜ狙われている？　身分証を提示するんだ」

……あ、名乗ってすらいなかったっけ。

「身分証？　これでいいか？」

俺は冒険者カードを取り出して衛兵に見せる。

「――漆黒の冒険者カード……まさか！」

ハッとした顔になる衛兵。

「英雄ハルト様でしたか。失礼しました。それではこの者たちの身柄は、こちらで預からせていただきます」

「ああ、任せた。一応今からディランさん――国王陛下に報告には行くつもりだが、お前たちはお前たちで、しっかり報告は上げておいてくれ」

「分かりました。そこの二人、誰か馬車と手の余っている者たちを連れてこい！　他はこいつらを縛り上げるぞ」

「「「了解！」」」

こうして、バタバタと動く衛兵をその場に残し、俺たちは王城へと向かった。


城に到着した俺は、そのままディランさんの元に通される。

こんな夜にいきなり来ることはなかったので、緊急事態だと察してくれたのだろう。

案内された客間には、ディランさんとルーベルさんがいた。

「ハルトよ、こんな時間に来るとは珍《めずら》しいな。どうしたのだ？」

「それが――」

俺はコブラの襲撃を受けたことと、そしてその黒幕がバラゼル伯爵と、彼の商会をはじめとする七つの商会の連合だということを話す。

「……ハルトよ、コブラの連中は、絶対に口を割らんことで有名だ。それを一体どうやって……」

「聞かない方が良いと思うぞ？」

「そうですね、陛下。ですが、ハルト様の情報は確かなものです」

俺をフォローするように、セバスが言ってくれる。

「……そうか。私はハルトのこともセバスのことも信頼している。二人が言うなら、そうなのだろうな。しかし、まさかアルミュットがコブラのボスだったとは……」

「それに商会連合、ですか。商会同士が手を結ぶことはよくある話ですが、犯罪組織とここまで癒着《ゆちゃく》していいるとなると……」

ディランさんとルーベルさんは、真剣な表情で悩む。

「驚くのも分かるが、今はスピードが大事だ。今ならまだ、バラゼル伯爵の元に、俺がコブラを撃退した情報は届いていないはずだ。兵を回して、身柄を確保した方がいい」

その言葉に、ディランさんがゼバスに目配せをすると、すぐに部屋を出て行った。

おそらく、騎士を動かすのだろう。

それを見送って、俺は立ち上がる。

「じゃあ俺たちは、残りのコブラのメンバーを殲滅してくるわ」

「いや、場所が分かったからってそんな軽く、トイレ行ってくるわみたいなノリで言われても……大丈夫なのか？」

「おいおい、心配なんかしなくていいぞ。だけどそうだな、回収用に、馬車とか兵士を用意しておいてくれると助かるな」

俺の言葉に、一瞬きょとんとしたディランさんだが、すぐに何を言っているのか察したようだ。

「……何時間後に送ればいい」

「そうだな、いったん屋敷に戻って、すぐにアジトを潰しに行くから、二時間後くらいかな？　幹部が強いって話だから、全部終わるには多少時間がかかるとは思うけど」

「二時間って……いや、もはや何も言うまい。戦果を期待しているぞ」

俺は呆れたように言うディランさんに頷くと、王城を出て屋敷へと戻るのだった。


一度帰ってきたのは、フィーネたちに状況を説明するためだ。

俺の説明を聞いたフィーネたちは「……ここまでくるとその暗殺者が可哀想《かわいそう》」などと言っていた。

「まぁそんなわけで、アジトも分かったからこのままセバスとゼロと三人で乗り込んでくるよ。大丈夫だとは思うが、警戒は引き続きしてくれ……それじゃあ行くぞ」

「ふふっ。腕が鳴りますね」

「ですな」

俺たちはそんなことを言いながら、屋敷を出ていく。

後ろからは、フィーネの「なんか、少し楽しそうですね」という言葉が聞こえてきた。

第15話　コブラのアジトへ

俺たちが向かったのは、スラム街にある二階建ての少しボロ臭い建物であった。

「ここか」

「コブラを殲滅できる日が来るとは……感無量《かんむりょう》です」

「主よ。どういたしましょうか？　建物ごと消滅させますか？」

しんみりしているセバスの隣で、ゼロがとんでもないことを言い始めた。

「いや、それはやりすぎ」

「捕らわれた人がいるかもしれないですから、それはやめましょう」

「それもそうですね。申し訳ありません」

俺とセバスが窘《たしな》めると、ゼロが頭を下げる。

「まあ気にすんな……それじゃ、まずは結界だな」

俺はそう言って、建物を囲うようにして結界を張った。

「防音にもなってるから、いくら中で暴れても近所迷惑になることはない。これで逃げられることはないだろう」

「『了解です』」
ゼロとセバスが頷いたその時、エリスの声が頭に響いた。
《マスター、報告があります》
ん？　どうしたエリス？
《地下に、外部へと繋がる道が数本。一本はアルミュット・バラゼル邸へ、その他は王都内の適当な建物に繋がっているようです》
なるほど、やっぱり真っ黒だったか。
コブラの連中が逃走に使いそうなものは分かるか？
《可能です。逃走に使われる可能性が一番高い通路はこちらになります》
その声と共に、神眼《ゴッドアイ》で見えるマップの中で、通路が赤く表示される。
《現在、敵の反応のうち、強いものは三つです。二階に一人と地下に二人です。幹部と思われます。どちらと遭遇しても、セバスチャンなら倒すことは可能でしょう》
なるほど、そこまで分かるのか。ありがたいな。
「セバス、侵入《しんにゅう》した後、単独行動で今から指示する場所に向かってくれ。そこが逃走経路になる可能性が高い」
「了解です」
「それから、二階に一人、地下に二人、手練《てだ》れがいるみたいだ。ゼロは突入後、二階に向かってくれ。俺は地下に向かう」

「御意」

指示を出し終えたところで、俺たちは正面の入り口へと向かうのだった。


入り口には、二人の男が談笑《だんしょう》するようにして立っていた。

一見、ただの住人にも見えるが、ステータスを見ると暗殺者だった。つまり、敵である。

声を上げる暇《ひま》もなく、俺とゼロによって一瞬で喉《のど》を掻《か》っ切った。

そのまま俺たち三人は、建物内部に押し入り、敵が声を上げる間もなく仕留《しと》めていく。

たしかにステータスを見る限りでは、コブラの戦闘能力は高かったが、セバスはレベル100で俺とゼロはレベル300。大した敵ではない。

「地下の階段を見つけた。セバスと俺はそっちに向かう」

「分かりました。では私は二階を殲滅します」

「頼んだぞ。強い奴がいるらしいから、そいつは殺すなよ？　おそらく幹部だ」

「クックック。主よ、殺さなければ何をしても？」

「ああ、好きにやれ」

「御意」

ゼロはそう言って口元に笑みを作った。

ゼロと別れ、階段を下りると、そこはところどころに魔石を使ったランプが置かれた薄暗い通路になっていた。

セバスは俺の指示通り、敵に気付かれる前に逃走経路での待ち伏せに向かう。

神眼《ゴッドアイ》で確認してみれば、扉の向こうには人の気配があった。

《奥の部屋に幹部が一人いるようです。もう一人は、セバスチャンが向かった方へと移動しております。こちらには気付かないかと》

分かった。コブラに関係ない者が捕らわれていたりしないか？　間違って殺してしまうわけにはいかないからな。

《はい。三名、女性がいるようです。奥から三番目、右手の部屋ですね》

俺はそれを確認して、さっそく行動を開始した。

敵に気付かれないよう慎重に扉から侵入しては、部屋の中の敵を排除していく。

そんな中、とある扉にだけ、鍵《かぎ》がかかっていた。

探ってみると、中には人の気配が三つ。

ステータスを見ても、明らかに暗殺者とは思えない。ということは……

「攫《さら》われてきた人だろうな……とりあえず助けてから話を聞いてみるか」

俺は錬成のスキルでドアノブを変形させ、鍵を解除する。

中を覗《のぞ》くと、三人の女性が鎖で繋がれていた。一人は二十代、一人は十代半《なか》ば、もう一人はまだ八歳くらいだろうか。

彼女たちは俺を見るなり、「ひっ」と声を上げ壁の方へと逃げようとする。

「安心してくれ。俺はここの連中を殲滅しに来た者だ」

小さい声でそう告げる。

「本当、ですか？」

「ああ。ほら」

一番年長らしい女性に問われ、俺は冒険者カードを取り出して見せる。

「漆黒の冒険者カード……ハルト？」

「もしかしてEXランク冒険者の英雄ハルト、様？」

一体どんな広まり方をしてるんだ……とは思いつつ、話がややこしくならないように肯定しておく。

「あー、まあそうだ。それで、これからお前たちの鎖の鍵を外すが、まだ奥に敵がいる。ちょっと倒してくるから、このままここで待っていてくれ。いいか？」

ウンウンと静かに頷く三人。

「よし」

俺は魔法で鎖を壊し、ついでに回復魔法をかけ、全身の傷を治療する。

そして驚く三人を背に、次の部屋へと進んだ。

残りの部屋も潰していき、残るは一番奥の、幹部がいるらしき部屋のみ。

「あとはここだけだな。気配は全部で三つか」

ここまで、一切悲鳴を上げさせずに始末してきたので、俺の存在は未だにバレていないようだ。

俺は聴覚《ちょうかく》を強化し、中の様子を窺《うかが》う。

「――では、あの女は近いうちに処分する」

「分かりました」

「こちらでやっておきます」

あの女、というのは、さっき俺が助けた人たちの誰かのことだろうか。

残念ながら、その予定は実現しないんだけどな。

俺は扉を勢いよく開け放つ。

「誰――ぐぁっ」

「何者――がはっ」

そして部下らしき二人が反応した途端《とたん》、一気に詰め寄って切り捨てた。

一人、テーブルの向こう側に座っている身なりのいい男が、立ち上がりながらこちらを睨んでくる。

「……貴様、何者だ？」

「いや、道に迷ってこんなところまで来てしまったようでな」

「ふんっ、下手な言い訳を……まあいい、死ね」

男は一瞬で机を飛び越え、剣を抜いて俺に斬りかかってくる。しかし俺は、あえて紙一《かみひと》重《え》で躱し、そのまま相手の腹にカウンターのキックを入れた。

「――ぐっ、貴様、只者《ただもの》ではないな？　この私の攻撃を避けただけでなく、反撃するとは」

「そうかな？　お前が弱いだけじゃないのか？」

「ぬかせっ！」

レベルを見れば、93だった。たしかに普通の冒険者や兵士では太刀《たち》打ちできないようなレベルだが……俺からすれば、そこら辺にいた部下と同じ、雑魚でしかない。

幹部の男は再度剣を俺に振るおうとして――次の瞬間、鮮血が舞い剣が落ちた。

「うっ、ぐぁぁぁぁっ⁉」

床に崩れ落ち、叫び声を上げる男。

おそらくこいつには見えていなかっただろうが、俺が両腕を切り落としたのだ。

このまま死なれても困るので、とりあえず回復魔法で止血だけしておいた。

何が起きたのか把握できていないのか、混乱した様子で俺を睨みつけてくる。

「一体何が起きた。貴様、何をした？」

「単に斬っただけだよ、お前には見えてなかったみたいだが」

「この俺に見えない攻撃速度だと……もう一度問う。貴様、何者だ？」

俺は無言で、冒険者カードを取り出して見せた。

「そうか。貴様があの魔王か。だがコブラは私を倒した程度では――」

なんか魔王呼ばわりされてムカついたし、テンプレの悪役みたいなことを言い始めてうざかったので、魔法で眠らせ拘束した。

「エリス、もうここに敵はいないな？」

《はい。ゼロの方も問題なく、幹部まで倒しています。セバスチャンが向かった通路も、ちょうど逃げ出そうとした者がいたらしく、既に倒し終えたようです。そろそろそちらに、残った幹部の一人が到着しそうですが、セバスチャンであれば問題ないかと。

「そうか。ならそっちはセバスに任せて、俺はさっきの人たちを地上に届けてから、ゼロと合流するかな」

幹部以外は死体しか残ってないけど、こいつはとりあえず縛っておいて、その辺に転がしておこう。そろそろ兵たちが来るはずだしね。

俺は女性三人を地上に送り届けながら、話を聞いてみる。

どうやら全員貴族の令嬢《れいじょう》らしく、脅迫《きょうはく》材料として攫われていたそうだ。

そんな彼女たちは、地上に出るなり、思い切り頭を下げてきた。

「この度はありがとうございます！」

「何かお礼をさせてください！」

「お兄ちゃん、助けてくれてありがとう！」

ここまでストレートに感謝されると、ちょっと恥ずかしいな。

「気にするな、別に見返りを求めて助けたわけではないからな……それじゃあ、一階の奥の部屋が安全みたいだから、そこでもうしばらく待っていてくれ」

俺はそう言い残して、ゼロのところへと向かうのだった。

◇◇◇

晴人と別れたゼロは、二階へ続く階段を上っていた。

「ふむ。気配からして人数は少ないようですね」

すっかり執事になった彼は、誰もいない場所でも丁寧な口調になっていた。

そんな彼は、音を立てることなく階段を上っていく。

二階への入り口部分には男が二人立っていたが、ゼロを見て声をかけてきた。

「……執事？　誰だ、お前」

「そもそも、どうやってここまで来た？　下にいた連中は？」

男二人は警戒するように、剣を向けながら誰何《すいか》する。

しかし、武器を向けられたにもかかわらず、ゼロは優雅に一礼をして自己紹介した。

「私、とある屋敷で執事をしております、ゼロと申します。下の方々でしたら、ぐっすりお休みになっていますよ……もう二度と、起きることはありませんが」

ゼロのその言葉を聞いて、何を言っているんだという風に顔を見合わせる男たち。

そして再び視線をゼロの方に向けたが、そこには彼はもういない。

「どこに行った⁉」

「探せ！」

こんな狭い場所で見失うわけがない。

そう慌てる二人だったが、今度は背後から、ゼロの声が届く。

「反応が遅いですね」

「「なっ⁉」」

腐っても暗殺者ということだろう、二人は振り向きざまに剣を振るう。

剣がゼロに当たったように見えた二人だったが、直後、そのゼロの姿が掻き消える。

「なに⁉」

「そんなはずは」

「――それは幻影ですよ。本物はこちらです」

そんなゼロの言葉が、二人が最後に聞いた言葉となった。

ゼロは気配を探り、二階の敵の数を確認する。

「その辺の部屋に合計十、一番奥に三……一人だけ強そうな奴がいますが、これが幹部でしょうね」

ゼロは途中途中の部屋に入り、敵を殺しながら、ついに幹部のいる部屋へと到達する。

さっそく扉を開けようとしたゼロだったが、鍵がかかっていた。

「やれやれ……建付《たてつ》けが悪いようですね」

ゼロはそう言って、鍵の部分を握り込んで壊す。

そのまま扉を開いた途端、ナイフが殺到した。しかし――

「「なに⁉」」

二人の驚愕の声が聞こえた。

そう。ゼロは飛んできたナイフを、全てあっさりと掴んでいたのだ。

それを見て、幹部らしき強そうな男が聞いてくる。

「やるようだな……貴様は誰だ？　どこの差し金だ？」

「乱暴なご挨拶となって申し訳ございません。私はゼロ、とある方のもとで、執事をしている者です」

ゼロは目の前の椅子に腰掛けている三十代の男へと、そう言葉を返す。

男の傍《かたわ》らには黒衣に身を包んだ護衛の男が二人いたが、攻撃を受け止めたゼロを警戒し武器を構えている。

「その執事が何をにしに来た。ここがどこだか知っているのだろうな？」

「コブラの本拠点ですよね？」

ゼロの言葉に、幹部の男がピクリと眉を動かす。

「……そうだ、そのことを知っている者はほとんどいないはずなんだがな。なんだ、依頼か？」

「違います。私はこの拠点を潰しに来ただけですので」

「ふん、生意気を抜かすな。だいたい、貴様とウチに何の関係があるんだ？」

鼻で笑う幹部の男を、ゼロは目を細めて眺めた。

「ご主人様を裏路地で暗殺しようとしましたよね？」

「……ご主人様とは冒険者のハルト、か」

「ええ」

「そうか、それなら納得だ……だが、この状況で、そんなことができると思っているのか？」

「――愚問《ぐもん》。むしろあなたたち虫ケラごときが私に勝てるとお思いで？」

ゼロが放った威圧に、幹部も部下も、一歩も動けなくなる。

「うっ、なんだこのプレッシャーは……」

「ひぃ……」

「うぁ……」

それどころか、部下の二人は立っていることすらできず崩れ落ち、心臓をゼロの剣に貫かれて絶命する。

幹部は逃げ出すために立ち上がろうとしたが、足がもつれて地面に倒れ込んでしまった。

「残りはあなただけです」

「や、やめろ！　金ならやる！　だから――ひぎゃぁぁぁぁっ」

悲鳴と共に、血しぶきが上がる。

両腕を切り落とされ、気を失った幹部を、ゼロは掴み上げた。

「もうお終いですか。つまらないですね……」

とりあえず止血だけ施して、ゼロは一階へと続く階段に向かうのだった。

セバスは晴人と別れた後、逃走経路となるであろう地下道の入り口へと向かっていた。

「――ここですね」

セバスは躊躇うことなく部屋に突入し、中にいた見張りの三人の首を落とす。

「ふむ。この者たちは、この通路から迷い込んできた人間を捕らえるための人員でしょうかね」

さらに奥にある扉を開くと、一本道が続いていた。

「さて、ハルト様の読み通りなら、数名はこちらに来るはずですが……」

セバスがそう呟いた直後、部屋の入り口の扉が開かれた。

「ほっほっほ。流石はハルト様ですな」

そう呑気に呟くセバスと、その足元に転がる死体を見て、部屋に入ってきた二人が足を止める。

「……誰だ？」

大柄な男の方が、鋭い視線で問いかける。

「セバスチャンと申します。この度はコブラの殲滅に参った次第です」

殲滅という言葉にピクリと反応する、大柄な男。

「ほう、ジジィがボケたか？」

「いえいえ、まだまだ現役ですよ」

「そうか――死ね」

大柄な男がそう言うと、彼に従うように控《ひか》えていたもう一人の男が、セバスにナイフを投げつけつつ接近する。

「これはこれは、物騒なご挨拶ですね」

セバスは難なくナイフを躱すと、そのまま接近してきた男を切り伏せた。

「……ほう。やるじゃないかジジィ」

「お褒めいただきありがとうございます。なにぶん、あなた方とは因縁《いんねん》があるものでして、気合いが入っているのです」

「因縁ね……そういえばセバスチャンといやあ、数十年前に当時の上位幹部が新米Sランク冒険者に殺されたってことがあったが……」

「おや、ご存知でしたか」

「やっぱり本人か。くくく、おもしれぇ。今の幹部の力を見せてやるよ！」

そう言うなり、男はセバスへと肉薄《にくはく》した。

幹部の男は剣を握っていないが、おそらく拳に仕込みがあるはず。

セバスはそう判断して、体を逸らし振るわれた右拳を避ける。

「そうくると思ったぜ！　――あばよ、執事のジジィ！」

幹部の男は笑みを浮かべ、左腕に仕込んだ仕込みを起動させる。

そして――

「――がはっ……」

次の瞬間、幹部の男は口から血を吐いていた。

「な、何が――ッ!!?」

視線を下げれば、左腕を切り落とされ、腹から剣が生えている。

「うっ、ぐっ……」

セバスが剣を抜くのと同時、幹部の男は苦悶《くもん》の声を漏らしながら後退する。

「おや、この程度では倒れませんか、流石、コブラの幹部ですね」

「あ、たり前だ……っ！」

「ですが以前私が戦った者の方が、はるかに強かったですよ」

そんな呆れたような声と共に、幹部の男の視界からセバスの姿が消える。

次の瞬間、男は膝から崩れ落ちるようにして前のめりに倒れた。

いつの間にか、両足が折れている。

セバスが鞘に納めたままの剣で叩き折ったのだ。

「ぐああああっ⁉」

痛みのあまり絶叫する男。

「うるさいですね、少し静かにしてください」

セバスはそう言って、男の首に一撃を入れて黙らせる。

「さて、一応上に連れて行きますかね」

◇　◇　◇

俺、晴人が二階に向かうと、ちょうどゼロが下りてきたところだった。

両腕がない男を、まるで荷物を持つかのように抱えている。

「お疲れ様、そいつは？」

「どうやら幹部のようです。あっけなく倒せましたが」

「まあ俺たちのレベルからしたら、大体の奴は敵じゃないさ」

俺の言葉に、ゼロは「そうですね」と頷く。

ゼロと合流できたので一階へと戻ると、セバスが地下から戻ってきたところだった。

「おう、お疲れ様……そいつが幹部か？」

「はい、そうらしいです。昔に比べると、手ごたえはありませんでしたが……」

「まあ、セバス自身がSランクになったばかりの頃より強くなったんだろ。最近はゼロとも鍛錬してるみたいだしな？」

「それもそうですね……ゼロが抱えているのも幹部ですか？」

セバスの問いかけに、ゼロが頷く。

「俺も一人幹部を生きて捕らえたが、めんどくさいから地下に放置してきた……そうだな、そろそろ兵士たちも着いたみたいだし、後のことは任せるとするか」

そう言いながら結界を解除してしばし、建物の外から鎧が擦《こす》れる音と足音が聞こえてきた。

ゼロとセバスが捕らえた二人はその辺に転がして、一階の奥の部屋に隠れていた女性たちと合流し、俺たちは外に出る。

兵士の中には、顔見知りの門番であるトマスさんがいた。

「あれ、トマスさんも来たのか」

「ハルトさん、お疲れ様です。陛下がハルトさんと話しやすい者がいた方が良いとおっしゃったので……それで、どうなりましたか？」

「なるほどな。コブラの連中は中だ。幹部の三人だけ生かして、二人は一階、一人は地下にいる」

他のメンバーにはあえて言及《げんきゅう》しなかったのだが、トマスさんは察して顔を青くする。

「わ、分かりました。それとハルトさん、そこの女性の方々は？」

トマスさんが俺の後ろにいる三人を見て、首を傾げた。

「下で捕まっていたんだ。任せるから丁重《ていちょう》に扱ってくれ」

「分かりました」

「そうそう。地下にいくつか逃走用の隠し通路があった。どこに繋がっているかは分からないが、くまなく調査をしてくれ」

まあ、バラゼル伯爵の屋敷に繋がっているのは分かってるんだけど、ここでそれを言ったら、なんでそんなことまで知っているのかと怪《あや》しまれる。自力で探し出してもらおう。

「分かりました！ ハルトさんはこれからどうなさるので？」

「ん？ 俺たちはもう帰るぞ。お前たちの調査が終わらないことには、情報もまとまらないだろうしな。明日また顔を出すってディランさんに伝えといてくれ」

俺の言葉に、トマスさんをはじめ兵たちが頭を下げる。

そしてさっそく、調査のために建物内へと進んでいくのだった。


俺たち三人は、そのまままっすぐ屋敷へと戻る。

もうけっこういい時間だし、夕食は済ませてあるが軽く何か食べたい。

屋敷に到着すると、ゼロが玄関の扉を開けてくれた。執事としての動作が身に付いているようだ。

「ただいま～」

「あ、お帰りなさい、ハルトさん」

出迎えてくれたのはフィーネだった。

「皆で夜食を作って待ってたんですよ」

そう言って、俺たちを食堂に連れて行くフィーネ。

食堂にはその言葉通り、全員が揃っていて、テーブルの上には簡単に摘まめるものが並べてあった。

手作りの温かい夜食を取りながら、コブラのアジトであったことを話していく。

といっても、あとは兵士たちの調査待ちである。

その日はそこで解散となり、俺はフィーネのリクエストで一緒に寝ることになるのだった。

第16話　調査結果

――翌朝、俺は一人、王城へと足を運んでいた。

「おはよう、ディランさん。調査の結果はどうなった？」

「昨日の間にバラゼル伯爵を捕縛《ほばく》し尋問したら、白状《はくじょう》してくれたよ。最初はシラを切ろうとしていたが、屋敷とコブラのアジトを繋ぐ隠し通路の存在と、屋敷とアジトから出てきた書類を突き出したら諦めたようだ」

「なるほどな……しかし、なんで伯爵は、コブラのアジトと地下通路なんて繋げてたんだ？」

「あのアジトは、倉庫として登録された建物なんだが……かつては実際に、商会の倉庫だった。コブラは本拠地を転々とする組織で、今がたまたまあの倉庫だった、ということらしい。まあそもそも、アジトが見つかると考えてすらいなかったみたいだけどな」

なんだ、そんな理由だったのか。

「なんともお粗末《そまつ》な結果だな……そういえば、奴と徒党《ととう》を組んでいた他の商会はどうなるんだ？　伯爵がコントロールしていたとはいえ、汚《きたな》いことも相当やっていたんだろう？」

「ああ、その辺も全部バラゼル伯爵——アルミュットが喋ってくれたよ。今日にも全員捕縛する予定だ」

「そうか。罰はどうなるんだ？」

ディランさんは少し考えた末に口を開く。

「うむ……アルミュットは処刑が確定している。伯爵家自体を残すかは、家族を調査してからだな。商会の代表や、関わっていた職員は犯罪奴隷として鉱山行きだな。コブラは結局幹部しか生き残っていなかったから、裏の情報を引き出せるだけ引き出して処刑だろうな」

「そうか、それが妥当だろうな。だが連中の商会はどうするんだ？　七つも大商会の首をすげ変えて、大丈夫なのか？」

「ああ。清廉潔白《せいれんけっぱく》な後継者がいれば、そいつに後を任せられると思っていたんだが、どこの商会も上層部が真っ黒で、任せられるような者がいなくてな……とはいえ流石に取り潰すとなると、方々への影響が大きいのだ。もともと、罰として一部権益《けんえき》の差し押さえを行う予定だったのだが、全てを国が回収するとなると、接収したようで印象が悪いし、誰か適任者がいれば任せたいのだが……」

ディランさんはそう言って、ちらっとこちらを見てくる。

「いや、俺はやらないからな。自分の商会を大きくする方が先だし」

「む、そうか……」

「他の商会はどうなんだ？」

「うーむ、絶対に大丈夫だ、と信頼しきれる商会が少なくてな。あるにはあるが、全ての権益を渡すともめ事に発展するし、それ以外は小さいところとか、我々の身内みたいなところばかりだからな」

なるほど、大商会を運営するノウハウがなかったり、結局接収と同じじゃないかと批判されたり、問題は多そうだな。

「まあ、適当な功労でもでっち上げて、信頼できるところに権益を配分するか。商会のバランスを崩さないために分配すると、かなり国で受け持つことになってしまうが……ハルトであれば、文句を言う者も少ないと思ったのだが」

ん～、信頼できる商会があれば、問題は解決するかな？

と、俺はそこで、とある人物が今、この王都にいることを思い出した。

「バッカスさんならどうかな？」

「そういえば、ハルトは知り合いだと言っていたな。いかんせん我々王族と関係が薄いから、今回は候補に挙げていなかったが……」

「そうなのか。あの人は信頼できる人間だ、俺が保証する」

俺の言葉に、ディランさんとルーベルさんが顔を見合わせる。

「……分かった、ハルトがそう言うのなら信じよう。交渉は任せていいか？」

「もちろんだ。伝えておく条件はあるか？」

「そうだな……最大で三商会まで、全てを任せることができる。ただ、差し押さえる予定だった権益分として、一年間、売り上げの二割を徴収《ちょうしゅう》することになる」

その徴収額が多いのか少ないのか、俺には判断がつかないので、とりあえず頷いておいた。

「じゃあその条件で、バッカスさんに話してくるよ」

そう言って立ち上がり、部屋を出ようとすると、ディランさんに引き留められた。

「ハルトよ、少し待て」

「ん？」

「アイリスとは上手くいってるか？」

「……な、なんだ突然？」

ディランさんは真剣な顔で聞いてくる。

「……孫《まご》はまだか？」

「ブフォッ」

お、おい。アイリスはまだ十四歳だ。流石に手を出すことはできないだろ。

というか、そちらも子供が生まれるとか言ってなかったっけ？　アマリアさんのお腹《なか》、けっこう大きくなってきてたよな。

「そもそもアイリスは、まだ成人してないだろ？」

「なに、アイリスの誕生日《たんじょうび》はもう少しだ。そうすれば十五になる」

お、これは話を逸らすチャンスだ。

「そうなのか。誕生日は盛大《せいだい》に祝わないとな」

「その時は呼んでくれるよな？」

「もちろんだ。それじゃ行くよ」

「分かった。ではな」

よし、スムーズな流れで脱出できたぞ。

ゼバスに見送られ王城を後にしながら、俺は思う。

……誕生日の時、またなんか言われるのかなぁ。

俺はその足で、バッカス商会ペルディス王都支店へと向かう。

途中通りかかったアシュタロテ商会は、今日も繁盛していた。

顔を出すと邪魔になるだろうから、遠目《とおめ》で眺めつつ先へ進む。

うちの店から歩くこと十分程度で、バッカスさんの商会に到着した。

「相変わらずデカイな」

うちの店と変わらないほど大きい店で、こちらも繁盛している。

この店舗の店長は、一緒に旅をしたガリバさんだ。いつもここで米を買っているのだが、かなり割引してくれている。

そして何か用事があるらしく、バッカスさんも今この店にいるらしかった。

俺は店内に入り、カウンターにいた女性店員に声をかけた。見たことない顔だから、新人かな？

「はい。どうしましたか？」

「すまないが、バッカスさんはいるか？　ちょっと話したいことがあるんだが」

「代表ですか？　お約束がなければ、お通しすることはできないのですが……」

アポを取らなきゃいけないのか……って、これだけの大商会の代表だったら当たり前だよな。

「あー、特に約束してるわけじゃないんだが……陛下からの要件だって、晴人が尋ねてきたって伝えてもらうこともできないか？」

陛下というワードに、店員は不審《ふしん》そうな目を向けてくる。

まあ、普通に滅茶苦茶怪しいよな。

店員は困り顔のまま、バッカスさんがいるらしい店の奥に引っ込んでいく。

「代表。陛下からの要件があるとかで、尋ねてきた方がいるんですけど」

「陛下？　それは城からの使いの者かい？」

「いいえ、それが兵士でもお役人でもなさそうな、冒険者風の方でして……」

するとさっきの店員とバッカスさんが部屋から出てきた。

「ハルトさん！　来てくれたんですね！　お久しぶりです」

「久しぶり。元気そうで何よりだ」

俺を見て目を丸くするバッカスさん。

そんな上司の反応を不思議そうに見ている店員に、バッカスさんが説明する。

「この人はハルトさんといって、前に私やここの店長のガリバを、魔物から助けてくれた人です。怪我をした私たちに手当てまでしてくれた、命の恩人なんですよ」

「そ、そうなんですね。それは失礼いたしました」

「いや、仕事をしただけだろう、気にしてないよ」

俺は頭を下げてくる店員にそう言う。

そんな俺を見ながら、バッカスさんがしみじみと言った。

「それにしても、ハルトさんは予想以上に有名な冒険者になりましたね。いずれはSランクになると思っていましたが、まさか前人未踏《ぜんじんみとう》のEXとは……」

その言葉に、周囲にいた客も俺に気付いたようで、視線を集めてしまう。

「……中で話したいんだが、大丈夫かな？」

「ええ、もちろんですよ。どうぞこちらに」

バッカスさんによって中の応接室へと通される。


お茶も出してもらって、落ち着いたところで俺は話を切り出した。

「今日はバッカスさんに用があって来たんだ」

「私に、ですか？」

話せる範囲でのこれまでの経緯《けいい》と、商会の権益を譲《ゆず》ること、そしてその条件を説明すると、バッカスさんは「ふーむ」と唸《うな》りながら、俯き考え始めた。

「まさかあの商会が……この条件と、うちの事業拡大のことを考えると――」

それから数分、ブツブツと独《ひと》り言《ごと》を言っていたバッカスさんだったが、唐突に顔を上げる。

その顔に浮かんでいたのは、満面の笑みだった。

「是非、お受けしたいと思います！　よろしければ人材の派遣《はけん》も考えていますが……そのあたりは陛下に直接お話しした方が良さそうですね」

「そうだな、そうしてくれ」

「分かりました。いいお話を持ってきてくださり、ありがとうございます……ところで、ハルトさんの商会は、随分と好調なようで」

「ははは、おかげさまでな」

「あの便座は革新的でしたね、多数購入できないのが残念でなりません。流石ハルトさんです」

「商売のことでバッカスさんに褒められると、ちょっぴりこそばゆいな」

「他にも革命的な商品があるのですか？」

「ああ。試作品は問題なく完成したから、量産に入る――どんな商品かは、まだ教えられないからな？」

「はっはっは。ハルトさんには見え見えでしたね」

豪快《ごうかい》に笑うバッカスさん。

「一応、商売敵《しょうばいがたき》だからな……そうだ、便座の件だが、良かったらプレゼントしようか？」

「え、よろしいのですか!?」

「ああ、いろいろと世話になってるしな」

俺はそう言って、貴族用の方を十個、異空間収納から取り出して手渡した。

「ありがとうございます！」

「気にしないでくれ……それじゃあ要件も済んだし、そろそろ行くよ。ディランさんには伝えておくから、改めて使者が来ると思う」

「分かりました。今日はありがとうございます」


翌日、俺は王城まで、バッカスさんが了承したことを伝えに行った。

ディランさんとルーベルさんは、ホッとした表情を浮かべる。

「そうか、引き受けてもらえたか」

「ああ、細かい調整は直接するように伝えたから、よろしく頼むよ」

「分かった……そういえば、ハルトはこの後はどうするのだ？　エフィルのためにエルフの里を訪れ、グリセントに復讐も果たし、商会も軌道に乗っただろう。何かしたいことはあるのか？」

ディランさんの言葉に、俺は考えていたことを伝える。

「そうだな、とりあえず王都を離れて、別の国にでも行ってみようと思っていたんだけど」

「行き先はどこだ？」

「んー、特にやりたいことは決まってないんだよな。せっかくだから、三大国でまだ行っていないガルジオ帝国にでも行ってみようかな」

三大国とは、グリセント王国、ペルディス王国、ガルジオ帝国の、この世界十三ヶ国の中でも発言力があると言われていた三国のことだ。

「ガルジオ帝国……か」

しかしディランさんは、真剣な表情で考え込んでしまった。

「ヤバイ国なのか？」

「いや、良い国なのだが……近々闘技大会があるから、それが不安でな」

「闘技大会？」

首を傾げる俺に答えたのは、ルーベルさんだった。

「ガルジオ帝国では、強者が偉いという思想が根付いており、皇帝の座すら、皇位継承権《けいしょうけん》を持つ者たちが争《あらそ》い、奪い合います。定期的に開催《かいさい》される闘技大会は皇帝も観覧《かんらん》し、力試し以外にスカウトの場にもなっているんです」

「へぇ……でも別に、そんなに不安がることはないんじゃないか？」

しかしディランさんは、首を横に振った。

「今の皇帝、オスカー・フォン・ガルジオはかなり強欲《ごうよく》でな。欲しい者は絶対に手に入れようとする。これまでも、闘技大会の参加者の多くが引き抜かれているんだ」

なるほど、つまりは俺が勧誘される、あるいは強引な手段を取られないか心配しているのか？

「そういうことか。でもディランさん、俺がそんな簡単に、皇帝とやらに従うと思うか？」

「いや、どちらかというと、それを拒否《きょひ》して騒動《そうどう》になる気がしてならないのだ。そもそも皇帝は、ハルトのＥＸランク昇格《しょうかく》の時にその実力を見ているから、既に目を付けられているだろうしな」

あ、そっちか。

それは……トラブルを起こさないとは言い切れないのが悲しいところだ。

だけどそれを言うわけにもいかないよな。

「まあ大丈夫さ……ところでルーベルさん、闘技大会に関して詳しく教えてもらえるか？　アイリスやフィーネたちの実力を試したいから、参加できるのか気になって」

「なるほど。お話ししましょう。闘技大会の参加条件は特になかったはずです。日程は全部で七日間、最初の二日間が個人の予選で、続く三日間が予選通過者のトーナメント戦で、優勝者を決めます」

「ん？　残りの二日間は？」

「残りの二日間は団体戦となっています。こちらは予選はなしで、本選からのスタートになるようですね」

「なるほど、助かったよルーベルさん。ありがとう」

「いえいえ」

　一通りの説明を聞いた俺は、ルーベルさんに礼を言う。

と、ディランさんが思い出したように尋ねてきた。

「ハルト、よいか？」

「どうした？」

「アイリスも参加させると言っていたが、どこまで強くなったのだ？」

んー、口で言っても信じてもらえるかどうか……そうだ！

「少し待っててくれ」

閃《ひらめ》いた俺はディランさんに断《ことわ》りを入れ、転移で屋敷に戻る。

そしてアイリスを捕まえて、再び王城に転移した。

ディランさんもルーベルさんも、目を真ん丸にしていた。

「ちょっとハルト！　今のはなんなの……って、パパ！　ルーベル！　ここ、王城じゃない!?」

　そんな二人を見て、アイリスも驚きの声を上げる。

「一度行ったことがある場所、目視《もくし》できる場所に一瞬で移動できる、転移って魔法だ」

「そんなとんでもない魔法、簡単に言わないでよ！　……それで、私はなんで連れてこられたわけ？」

アイリス、なんか受け入れるのが早くないか？

俺が思っていることが伝わったのか、アイリスはジト目を向けてくる。

そんなアイリスの疑問に、ディランさんが答えた。

「いや、アイリスは今どれくらい強いのか、という話になってな」

「あら、そういうこと？　それなら安心して、すごく強くなったから！」

ドヤ顔で胸を張るアイリスは、ステータスを開示する。

「ステータスオープン」

唱えると、アイリスの目の前に半透明《はんとうめい》の画面が表示された。

名前：アイリス・アークライド・ペルディス
レベル：72
年齢：14
種族：人間
ユニークスキル：疾風迅雷《しっぷうじんらい》
スキル：剣術Lv6　身体強化Lv6　雷魔法Lv6　風魔法Lv5　二刀流Lv7　社交術
気配察知　気配遮断

称号：ペルディス王国第一王女、晴人の婚約者、ユニークスキルの使い手

それを見たディランさんとルーベルさんは揃って驚愕の声を上げた。

最早《もはや》一国の姫の強さではなく、Aランク冒険者ほどの強さであったからである。

「「なぁっ⁉」」

ディランさんが俺に尋ねてくる。

「は、ハルトよ。アイリスに何をしたのだ？　事と次第によっては——」

「何言ってんのパパ！　努力に決まってるでしょ！」

ディランさんの言葉を遮り、アイリスが怒る。

「努力でこうにも強くなるのか⁉」

「もちろんだ。まだまだ成長が期待できる」

「い、いや。そこまで強くなってもらわなくても……」

ディランさんは困った顔をする。

アイリスが強くなったところで困りはしないと思うんだけどな。

「アイリス。ガルジオ帝国で行われる闘技大会に出る気はないか？　もちろん、フィーネたちも一緒に出てもらおうと思ってるんだが」

アイリスは悩む素振りも見せずに即答する。

「出るわ！　強くなった私をハルトに見てもらいたいもの♪」

よし、それじゃあ後はフィーネたちに声をかけるだけだな。

「ディランさん、ここからガルジオ帝国へ行くには、どういうルートになるんだ？」

「そうだな、ベリフェール神聖国かヴァルナ王国のどちらかを通ることになるが……ベリフェール神聖国を通るルートだと神都を通ることになるんだが、綺麗だから観光にもってこいだな」

「へえ、それは楽しみだな」

神都って、要するに王都ってことだよな？

名前からしてグリセントやペルディスとは雰囲気が違うから、かなり楽しみだな。

「さて、それじゃあそろそろ帰るか……ディランさん、邪魔したな」

「いや、いろいろと助かったよ。アイリスのことを頼むぞ――ゼバス、ハルトとアイリスの見送りを頼む」

「分かりました。アイリス様にハルト様、こちらへどうぞ」

ゼバスの先導で、俺とアイリスは城門へと向かう。

「……ねえハルト、いいかしら？」

「ん？」

「転移使って戻ればいいじゃない」

「帰りくらい歩くぞ」

「私、いきなり連れて来られたんだけど……」

不満げなアイリスに、俺はため息をつきながら答える。

「少し二人っきりで寄り道して帰ろうと思ったんだけど？」

その言葉に、アイリスは一気に顔を赤くした。

「わ、分かったわ」

「それじゃ、どこか行きたい見たいところはあるか？」

久しぶりの二人きりの時間だからか、アイリスはいつもより楽しそうだ。

「アレが食べたいわ！　これもこれも！」

「はいよ〜」

こういうのも、たまにはいいな。

久しぶりのデート……ってほどでもないが、お出かけを楽しんだ俺とアイリスは、屋敷に戻るのだった。

第17話　ガルジオ帝国へ

帰宅し、皆で昼食を食べている時に、ガルジオ帝国に行こうと思っていることを切り出した。

「ガルジオ帝国、ですか？」

「どうして急に？」

フィーネとエフィルが疑問の声を上げる。

「近々闘技大会があるらしいから、皆の実力を試してほしいなって。まあ、あくまでも自由参加のつもりだが」

「実力、ですか……」

フィーネが少し不安そうにする。

「ああ。もうけっこう強くなってるからな、腕試しだ。クゼルは当然出るだろ？」

「無論、出るに決まっている！　ハルトはどうするのだ？」

「うーん、俺は団体戦だけでいいかな。まあ、出るかどうかは、ガルジオに着くまでに決めてくれればいいさ。今回はベリフェール神聖国を観光しながら、大会の開催に間に合うように移動するつもりだ……一応聞くけど、全員ついてくるってことでいいか？」

「当然です！　大会に出るかは決めていませんけど」

フィーネは問題ないらしい。

「私もハルトについていくに決まってるでしょ♪」

アイリスが答えると、アーシャも頷く。

「今から腕が鳴るな！」

「……行きます！」

クゼルとエフィルもOK、と。

「鈴乃は――」

「行くに決まってるよ！」

「ですよね」

即答だ。

結局、この前の旅のメンバーに鈴乃が追加、って感じだな。

するとここで、ゼロが口を開く。

「私も同行してよろしいでしょうか？」

「珍しいな」

「いえ。主を守るのも配下の務《つと》めですから」

「そうか、まあ何が起きるか分からないからな、頼りにしてるぞ」

ゼロがいれば道中は心配ないだろう。

「ありがとうございます」

そう言って、ゼロは一礼をする。

と、そこで俺は鈴乃に尋ねる。

「そういえば天堂たちは？　昨日から見ないけど……」

「皆だったら、少しでも強くなるために～って、騎士団にお世話になってるはずだよ？」

「え？」

「多分、今日戻ってくると思うよ」

そう言った直後だった。

食卓の扉が開く。

「ただいま！　って晴人君、戻っていたのか」

「戻ったぜ！」

「ただいま」

「戻ったよ～」

天堂、最上、東雲、朝倉が現れた。

「おかえり。なんかボロボロだな」

「騎士団の訓練に参加してたんだ」

多分こいつらの方が、騎士たちよりもはるかに強いと思うんだが……戦い方とか教えてもらってたのかね。

「そうだ晴人君、僕たちは明日にでもここを出て、グリセントにいったん戻ろうと思ってるんだ」

「そうか。俺たちもちょうど、そろそろペルディスを出て、ベリフェール神聖国経由でガルジオ帝国に行こうかなと思ってたんだ。闘技大会が行われるらしくてな。皆の腕試しだ」

「へえ、闘技大会か、面白そうだね」

「お前たちはグリセントに戻った後はどうするんだ？」

「うーん、クラスメイトの皆と相談しようと思ってる。まだまだ魔王を倒せるか分からないからね」

まあ、それがいいだろうな。皆元気だといいんだが。

そしてその日の夜は、ブビィや従業員たちも呼んで、天堂たちの送別会ということで盛大に盛《も》り上がったのだった。

翌朝、俺たちは天堂たちを見送るため、玄関に集まっていた。

「晴人君、世話になったよ。色々とありがとう」

「ああ、お陰で強くなれたぜ、ありがとうな」

「結城、ありがとう」

「結城君ありがとね！」

天堂、最上、東雲、朝倉の順で、それぞれが俺に向かって礼を言う。

まあ、世話したのは俺じゃなくてセバスたちなんだがな……

「おう。帰る途中で死ぬなよ？」

「そんな簡単に死んだら勇者の名が泣くよ」

けっこう危《あや》ういことあったと思うけどな？

「魔王討伐に出る時は、連絡をくれ。できるだけ手伝うようにするからさ」

「そりゃ頼もしい限りだよ」

「クラスメイトが死ぬのは見たくないからな」

「ハハッ……それもそうだね」

天堂は苦笑する。

「最上、近距離戦闘ばっかじゃなくて、なんでもいいから遠距離の魔法を一つ覚えとけ」

「殴った方が早くないか？」

「その考え方を捨てるんだよ！　まったく、早死にするぞ」

「俺は死なん！」

フラグっぽいこと言ってるが、こういう奴が長生きするんだよな。

今度は朝倉に話しかける。

「朝倉も――」

「夏姫でいいよ」

「朝倉も、天堂を困らせるのは程々にするんだぞ？」

「せっかく名前で呼んで良いって言ったのに⁉　てか困らせるってなに⁉　私そんなことしてたっけ⁉」

ここで下の名前で呼んだら、生死にかかわる気がする。後ろの女性陣の圧が凄いのだ。

「自覚してくれ……まあ、もっと魔法を極めろよ？」

「結城君ほどじゃないけど、もっと使いこなしてみせるよ！」

「その調子なら大丈夫そうだな」

俺はハハッと笑う。

朝倉の笑顔は周りを明るく元気にするのだ。彼女には、いつも元気でいてもらいたいものだ。

最後に東雲だ。

「皆のことを頼んだ」

「……結城、私は皆の保護者かなにかなの？」

「まさか。この中で一番冷静でいるだろ？　だからだよ」

「……そう。あ、刀ありがとう、大切にする」

「おう。大事に使ってくれよ？」

以前渡したものがボロボロだったから、新しいのを渡したのだ。

「そうだ、これを皆に」

そう言って俺は、異空間収納からネックレスを取り出して四人に配《くば》る。

ネックレスには、小指ほどの小さな紅き宝珠《ほうじゅ》がはめ込まれている。

天堂が代表して尋ねる。

「……晴人君、これは？」

「一時的に能力を上げるスキルと同じ効果を持つネックレスだ。詳しくは鑑定して見てくれ」

名前　：紅き宝珠の恩寵《おんちょう》
レア度：伝説級《レジェンド》
効果　：身体能力、スキルが限界を超える力を、一時的だが引き出すことができる。
使用後、肉体にダメージが残る。

固まる四人に、俺は効果を説明する。

「ダメージって言っても、せいぜいが筋肉痛くらいだが、連続で使用すると後がかなりつらいからな、気を付けろよ」

ちなみに、試作品をクゼルに使わせたのだが、次の日全く動けなくなっていた。

まあその分、能力の上り幅が凄かったんだけど。

天堂たちの身を案じて、スキルの錬成と魔道技師を併用して作ったものだ。

一応フィーネとアイリス、アーシャ、エフィル、クゼル、鈴乃の全員にも配ってある。

固まっていた天堂たち四人だが、我に返ったようにお礼を言ってきた。

「なんにしても、ありがとう」

天堂に続いて、最上、東雲、朝倉も礼を言ってきた。

「気にするな、お前らには無事でいてほしいからな」

「そう言ってくれて嬉しいよ……それと、鈴乃を頼んだよ」

「任せろ。惚《ほ》れてくれた女を守れない、なんてダサいことをするつもりはねえよ」

俺の言葉を聞いた鈴乃は顔を赤くする。

「な、何言ってるの晴人君！」

そう言って俺の背中をポカポカと殴る鈴乃を見て、天堂たちは楽しそうに笑う。

「ハハッ、頼もしい限りだよ……じゃあそろそろ行くよ」

「ほんとに晴人って奴は……そうだな。そろそろ行くか」

「おう。元気でな」

そう言って俺は天堂と最上に拳を突き付け、別れの挨拶をする。

東雲と朝倉が鈴乃に近寄って声をかけた。

「鈴乃も元気で。結城はしっかり守ってあげてね？」

「元気でね！　結城君、よろしくね？」

「うん！　二人も元気でね！」

「はぁ……分かってるよ。必ず守るから安心しろ」

東雲と朝倉は俺の言葉に満足そうに頷き、鈴乃と抱き合って別れを済ませる。

人数分のマジックバッグを作って渡してあるので、四人とも身軽だ。

俺たちは天堂たち勇者一行を、その背中が見えなくなるまで見送るのであった。


天堂たちを見送ってから昼食を取った俺たちは、これからの予定を話し合うことにした。

「えー、俺たちは明日、まずはベリフェール神聖国を目指して出発する。今日のうちに、食料や道具なんかの調達を済ませておきたい。分担して買い出しに行くとしよう」

その言葉にセバス、ライラ、ミアが反応する。

「ハルト様。買い出しであれば、我々が行って参りますが……」

「そうですよ」

「お任せください」

そう言ってもらえるのはありがたいが、これは俺たちが旅に行くための準備だ。人任せにしないで、自分でやるべきだろう。

「旅の準備くらいはやらせてくれ。だが、そうだな。馬車の整備《せいび》をしてもらってもいいか？」

「分かりました。ではそのように」

頭を下げてセバスたちが出て行くのを見送って、俺たちも買い出しに向かう。

自分の商会で揃うものは揃えて、足りないものはバッカスさんのところや近くの商会で買うことにした。

商会に着いて必要なものを言うと、すぐに揃ったのだが……

「いけません！　ハルト様からお金は頂けません！」

「そうは言ってもなぁ……」

ベナークに金の受け取りを拒否されてしまった。

「自分の商会だからといって、商品を無償《むしょう》で持っていけるわけがないだろ。ブビィもそう思わないか？」

隣で話を聞いていたブビィに尋ねる。

「旦那のおっしゃる通りです。いくら自分の店だろうと、商品は商品ですから」

「分かったか？」

「はい、分かりました」

ベナークはようやく納得し、代金を受け取る。

用意してもらった物を異空間収納に仕舞った俺たちは、商会を後にする。

こうして皆で楽しみながらの買い出しを、半日掛けて終わらせたのだった。


そうして、あっという間に翌日。

俺たちはディランさんのところに顔を出して出発の挨拶をしてから、再び屋敷の前に戻ってきていた。

今回旅に行くメンバーは俺とフィーネ、アイリス、アーシャ、クゼル、鈴乃、エフィル、ゼロの八名……いや、マグロを入れて九名である。

「ハルト様、お気を付けて」

「ああ。セバス、屋敷を頼んだ」

「かしこまりました」

「ブビィとベナークも、商会を頼んだ。どんどん店の規模《きぼ》も広げていってくれ」

「「はい！」」

二人は元気に返事をしてくれる。

「ノワールも陰ながら皆のことを頼んだ。何かあればすぐにセバスとブビィ、ライラ、ミアに報告するようにな」

俺の言葉にノワールは跪いて頷く。

「じゃあ、皆乗るぞ～」

その掛け声で、皆はいっせいに馬車に乗り込む。

「さて。相棒《マグロ》、行くぞ！」

「ヒヒィーーンッ‼」

元気にいななきマグロは動き出した。

皆に見送られながら、俺たちの馬車はゆっくりと北門を抜けた。

ここからベリフェール神聖国の首都までは、馬車で二週間近く。

一週間もすれば、国境あたりには到着する予定だ。

それまでの暇な時間は各々好きなことをして過ごすとしよう。

ベリフェール神聖国、どんなところなのだろう？

俺はまだ知らない国をこの目で見ることに、想《おも》いを馳《は》せるのであった。

あとがき

読者の皆様、お久しぶりです。WINGです。

文庫版『異世界召喚されたら無能と言われ追い出されました。4』は、お楽しみいただけましたでしょうか？

四巻は迷宮攻略と商会設立のお話がメインになります。

迷宮攻略編ではピンチに陥《おちい》った勇者一行を晴人が助け、ボスであるドラゴンが新たに仲間に加わりました。強力な仲間が増えましたね。

ドラゴンと言えば、皆さんはどのようなドラゴンを想像しますか？　私は某《ぼう》ハンターゲームを思い浮かべます。他にも晴人が召喚したベヒーモスも仲間になりました。個人的にはベヒーモスって怠惰《たいだ》なイメージがあるんですよ。

さて、続いては商会設立編になります。あちらこちら色々と奔走《ほんそう》して従業員も確保しました。ところが正直、商会編に関してはあまり話せるようなことがなくてですね……。

そこで、新たな登場人物であるノワールちゃんのお話をしようかと思います。ノワールは物心ついた時に両親に捨てられて孤児院《こじいん》で暮らしていました。その場所にグリセント王国の暗部だった人間が訪れてノワールの才能を見抜き、彼女を引き取って今後の暗部を担《にな》う者とするべく鍛えあげたという裏設定があります。クールな性格のノワールですが、孤児院にいた頃から現在までお花と甘いお菓子が大好きという面もありますね。

お花とお菓子が大好き……うーん、これは女の子。

ここで最近のお話を少し――。

本作のあとがきを執筆していたのは年末年始でしたが、友人作家たちとひたすらとある国の某ゴミ拾いゲームをしていました。当然寝正月でした。だってゴミ拾いが止められない……！　では、今日も今日とてのんびりゴミ拾い（ゲーム）をしてきますね。

最後に、本作品に携《たずさ》わってくださいました文庫版担当者のN様、イラストレーターのクロサワテツ先生、制作、流通、販売に関わっていただいた全ての皆様に感謝いたします。

そして何より、本作をお手に取っていただいた読者の皆様に心よりお礼申し上げます。

それでは次回、文庫版の五巻でお会いできることを祈りつつ。

二〇二四年四月　WING

ネットで人気爆発作品が続々文庫化！

アルファライト文庫 大好評発売中!!

校舎ごと異世界転移したのに、僕だけ追放!?
だけど、偶然手にした究極魔法で――
クラスまるごと全員ざまあ!!

【創造魔法】を覚えて、万能で最強になりました。 1
クラスから追放した奴らは、そこらへんの草でも食ってろ！

久乃川あずき KUNOKAWA AZUKI illustration 東上文

超強力な呪文からハンバーガーまで具現化可能!?
【創造魔法】で異世界を逞しくサバイブする！

池高校二年A組の生徒たちが、校舎ごと異世界に転移して三か月。水沢優樹は足の怪我を理由にクラスメイト達から役立たずと糾弾され、たった一人追放されてしまう。そして彼は森の中で、今は亡き英雄が生み出した【創造魔法】を手に入れる。それは、あらゆるものを具現化できる桁外れの力だった――。第1回次世代ファンタジーカップ「面白スキル賞」受賞作、待望の文庫化！

文庫判　定価：671円（10%税込）　ISBN：978-4-434-33732-1

ネットで人気爆発作品が続々文庫化

アルファライト文庫 ALPHAPOLIS ライト 大好評発売中!!

転生して付与された〈錬金術師〉〈支援魔術師〉は

異世界最弱職!?

でも待てよ、この職業……

育成次第で最強になれるかも!?

不遇職とバカにされましたが、実際はそれほど悪くありません? 1〜5

1〜5巻 好評発売中!

カタナヅキ KATANADUKI illustration しゅがお

もふもふを仲間にし、オリジナル技を考案!
不遇職の俺、意外と異世界生活を満喫中!?

0歳の赤ちゃんの状態で異世界転生することになった青年、レイト。王家の跡取りとして生を受けた彼だったが、生まれながらにして持っていた職業「支援魔術師」「錬金術師」が異世界最弱の不遇職だったため、追放されること(に)なってしまう。そんな逆境にもめげず(に)鍛錬を重ねる日々を送る中で、彼は(あ)る事実に気付く……。最弱職からの(異)世界逆転ファンタジー、待望の文庫化

文庫判　各定価：671円(10%税込)

アルファライト文庫

この作品に対する皆様のご意見・ご感想をお待ちしております。

おハガキ・お手紙は以下の宛先にお送りください。

【宛先】

〒150-6019 東京都渋谷区恵比寿 4-20-3 恵比寿ｶﾞｰﾃﾞﾝﾌﾟﾚｲｽﾀﾜｰ 19F
（株）アルファポリス　書籍感想係

メールフォームでのご意見・ご感想は右のＱＲコードから、
あるいは以下のワードで検索をかけてください。

アルファポリス　書籍の感想　検索

ご感想はこちらから

本書は、2020 年 11 月当社より単行本として
刊行されたものを文庫化したものです。

異世界召喚《いせかいしょうかん》されたら無能《むのう》と言《い》われ追《お》い出《だ》されました。4

～この世界《せかい》は俺《おれ》にとってイージーモードでした～

WING（ういんぐ）

2024年 4月 30日初版発行

文庫編集－中野大樹／宮田可南子
編集長－太田鉄平
発行者－梶本雄介
発行所－株式会社アルファポリス
〒150-6019東京都渋谷区恵比寿4-20-3恵比寿ガーデンプレイスタワー19F
TEL 03-6277-1601（営業） 03-6277-1602（編集）
URL https://www.alphapolis.co.jp/
発売元－株式会社星雲社（共同出版社・流通責任出版社）
〒112-0005東京都文京区水道1-3-30
TEL 03-3868-3275
装丁・本文イラスト－クロサワテツ
文庫デザイン―AFTERGLOW
（レーベルフォーマットデザイン－ansyyqdesign）
印刷－中央精版印刷株式会社

価格はカバーに表示されてあります。

落丁乱丁の場合はアルファポリスまでご連絡ください。

送料は小社負担でお取り替えします。


ISBN978-4-434-33733-8 C0193